AF564343

Scudéry	L'Amour tyrannique 1640
5 auteurs	La Comédie des Tuileries 1638
Scudéry	Eudoxe 1641.
id.	La Mort de César. 2e éd. 1637

4 ensemble

L'AMOVR TIRANNIQVE, TRAGI-COMEDIE.

Par Monsieur DE SCVDERY.

A PARIS,

Chez AVGVSTIN COVRBE', Imprimeur & Libraire de Monseigneur Frere du Roy, dans la petite Salle du Palais, à la Palme.

M. DC. XXXX.

Auec Priuilege de sa Majesté.

A MADAME,

MADAME LA DVCHESSE D'AIGVILLON.

MADAME,

C'est plustost par l'impatience publique, que par ma propre inclination, que ie me porte à faire imprimer cet Ouurage que ie vous offre: Car apres la gloire qu'il a eu, d'estre representé quatre fois deuant Monseigneur, & deuant vous; apres les choses que S. E. en a dites en presence de toute la Cour; apres l'honneur qu'elle m'a fait, de vouloir auoir ce Poëme en manuscrit dans son cabinet; & apres le rang que vous luy auez donné tout haut, parmy ceux de cette nature; ma plus ardante ambition est tellement assouuie, qu'elle ne trouue rien à desirer. Certes si celuy qui disoit, *qu'vn homme luy estoit tout vn Theatre*, eust eu comme moy le GRAND CARDINAL, & l'incomparable DVCHESSE D'AIGVILLON pour Approbateurs, il n'auroit pas enfermé sa pensée dans des bornes si estroites: Et sans doute il eust dit aussi bien que moy, que ces deux Illustres Personnes luy auroient tenu lieu de tout le monde. Aussi vous puis-ie asseurer, MADAME, que ny Monseigneur, ny vous, n'aurez pas sujet de me demander, *pour combien nous comptes-tu?* comme fit vn grand Capitaine à l'vn des siens, qui s'estonnoit du nombre des ennemis, puis qu'il est vray que ie vous regarde & l'vn & l'autre comme si vous estiez toute la terre; & qu'apres vous auoir ſatisfaits, ie ſuis pleinement ſatisfait moy-meſme : Ie dis pleinement ſatisfait, MADAME, pour ce qui touche ce Poëme : Car il eſt certain qu'à parler plus generalement, ie ne le ſeray iamais, iuſqu'à tant que par mille ſoins, & par mille deuoirs, ie puiſſe eſtre aſſez heureux, pour vous obliger à croire que ie ſuis,

MADAME,

Voſtre tres-humble & tres obeiſſant ſeruiteur,

DE SCVDERY.

LES ACTEVRS

OROSMANE, Roy de Capadoce.
TIGRANE, son fils.
TYRIDATE, Roy de Pont.
ORMENE, sa femme, fille d'Orosmane.
POLYXENE, femme de Tigrane, & fille du Roy de Frigie.
TROILE, fils du Roy de Frigie, & frere de Polyxene.
PHARNABASE, iadis Gouuerneur de Tyridate.
PHRAARTE, Lieutenant General de Tyridate.
CASSANDRE, HECVBE, } filles d'honneur d'Ormene.
EVPHORBE, Capitaine Frigien desguisé en Païsan.
TROVPE des Gardes de Tyridate.
TROVPE d'habitans.

La Scene est deuant la ville d'Amasie, capitale de la Capadoce, en l'Asie Mineur.

L'AMOVR

L'AMOVR TIRANNIQVE, TRAGI-COMEDIE.

ACTE I.

ORMENE, CASSANDRE, HECVBE, TIRIDATE, PHARNABASE, PHRAARTE, troupe de GARDES, OROSMANE, POLIXENE, TIGRANE.

SCENNE PREMIERE.

ORMENE, CASSANDRE, HECVBE, ORMENE.

DIEVX, qui voyez les maux dont ie suis poursuiuie, Elle sort d'vne Tente.
Accordez-m'en la fin, en celle de ma vie,
Et ne permettez-pas qu'vn cœur au desespoir
Murmure contre vous, & manque à son deuoir:

Assez & trop long-temps, ma pauure ame abatuë,
A souffert les rigueurs de l'ennuy qui la tuë:
Assez, & trop long-temps, vn infidelle espoux
A mesprisé ces pleurs qui s'adressent à vous.
Il est temps, ô grands Dieux, de finir mon martyre;
Accordez-moy la mort, puis que ie la desire:
Et ne refusez pas à ce cœur langoureux,
Le remede asseuré qui reste aux mal-heureux.
Ie ne demande pas que ma fin soit vangée,
Car ie ne change point, quoy que l'on m'ait changée:
I'aime encor Tiridate inconstant comme il est;
Ie croy deuoir haïr tout ce qui luy déplaist;
Puis qu'il veut mon trespas, ie le tiens legitime,
Et ie veux que ma mort amoindrisse son crime:
Fasse le iuste Ciel en m'ostant la clarté,
Qu'il puisse aimer ailleurs sans infidelité.

CASSANDRE.

Exemple merueilleux de l'amour conjugale,
Que vous faites bien voir que rien ne vous égale,
Puis que dans les rigueurs, & dans le changement,
Ce cœur tousiours constant aime si cherement.
Que vostre Majesté s'il luy plaist se console,
Et pour se consoler, s'asseure en ma parole,
Qui luy promet qu'vn iour les Dieux auront pitié
Des maux que le Roy fait à sa chaste amitié:
Et qu'il luy donnera la palme meritée,
Adorant la vertu qu'il a persecutée.

HECVBE.

Mais, Madame, souffrez, que ma compagne & moy
Sçachions quel est l'objet qui charme ainsi le Roy,
Nulle Dame à la Cour n'en paroissant aimée,
Peut-il auoir vn feu sans flame & sans fumée?

ORMENE.

Las! il n'est que trop vray que son cœur allumé,
Brusle d'vn feu secret dont il est consumé!
La flame qui destruit la Capadoce entiere,
Vient de celle d'amour qui luy sert de matiere.
Ne vous souuient-il pas que le Roy vint icy
Pour visiter mon pere, & que i'y vins aussi?
Il vid pour mon mal-heur, le sort m'estant contraire,
La belle Polixene espouse de mon frere,
Et se laissa charmer à des attraits si dous:

CASSANDRE.

Elle est belle (il est vray) mais non pas plus que vous.

HECVBE.

Et puis, quelques appas que l'on remarque en elle,
Estant sa belle sœur, sa flamme est criminelle.

ORMENE.

Il brusla cependant, depuis ce premier iour,
D'vn feu qui surmonta celuy de nostre amour,

Et qui par ses regards me fit bien-tost connaistre,
Et ma perte, & l'amour, & l'œil qui le fit naistre.

CASSANDRE.

Fut-elle fauorable aux vœux d'vn suborneur?

ORMENE.

Pour faire cette faute, elle aimoit trop l'honneur:
Au contraire i'apris que ce noble courage,
Repoussa cet affront par vn sanglant ouurage,
Et que par vn mespris & iuste & genereux
Elle imposa silence à ce Prince amoureux.

HECVBE.

Ie ne demande plus qui fait prendre les armes,
Et ie ne cherche plus la source de vos larmes.

ORMENE.

Apres auoir tenté mille fois ses appas,
Le Roy quitte mon pere, & rentre en ses Estats:
Il arme sourdement; & puis comme vn tonnerre,
Il vient porter icy la frayeur & la guerre:
Et pour donner couleur au dessein qu'il a pris,
Il accuse mon pere, il se plaint d'vn mespris;
Et parmy nos voisins luy suppose des crimes,
Pour faire croire à tous ses armes legitimes:
Orosmane surpris en cette extremité,
Donne, & perd la bataille, auec la liberté.

Tigrane mon cher frere, auec sa Polixene,
Se sauue dans ses Murs, dont la prise est certaine;
Et Tridate alors, fauorisé de Mars,
Plante ses pauillons au Pied de ses remparts.
Mais pourquoy vous compter vn si triste voyage,
Puis qu'aussi bien que moy vous estes dans l'orage?
Et que vous auez veu les insignes malheurs
Qui perdent ma patrie, & qui causent mes pleurs?
Si l'esperance mesme à la fin m'est rauie,
Voyez si i'ay raison d'abandonner la vie?

CASSANDRE.

Mais le Roy sçait-il bien que vous n'ignorez pas,
L'aueugle mouuement qui guide icy ses pas?

ORMENE.

Mon visage abatu dans le mal qui me touche,
Et mes souspirs frequens ont parlé pour ma bouche;
Mes yeux ont assez dit la douleur que ie sens;
Mais tousiours le respect a regné sur mes sens.

HECVBE.

L'exez en toute chose estant illegitime,
Vostre facilité, fait peut-estre son crime.

ORMENE.

Quelque iniuste rigueur qu'il exerce enuers moy,
Ie me souuiens qu'il est mon espoux, & mon Roy.

CASSANDRE.

Il se doit souuenir de vostre amour extrém,
Et qu'il vous doit aimer à l'esgal de luy-mesme.

ORMENE.

Ie me dois souuenir au milieu de mes maux,
Et du pouuoir d'vn Prince, & du peu que ie vaux.

HECVBE.

Mais si vostre interest n'excite point vostre ame,
Combatez pour le sien, & le sauuez de blasme.

ORMENE.

Il n'apartient qu'aux Dieux de conseiller les Rois.

CASSANDRE.

Et les Dieux pour cela demandent vostre vois.

ORMENE.

Ie ne puis me resoudre à fascher Tiridate.

HECVBE.

Ce n'est pas la raison, c'est l'amour qui vous flate.
L'amour est vn tyran dans les ieunes esprits,
Dont les profonds respects excitent le mespris.

ORMENE.

Non, non, si le Roy change il n'en est point blasmable;
Pourquoy m'aimeroit-il ? ie ne suis pas aimable;

CASSANDRE.

Et pourquoy vous conduire en ce triste sejour?

ORMENE.

Par maxime d'Estat il souffre mon amour:
Il craint qu'estant absent, vne femme irritée
Ne sousleue des gens dont elle est respectée;
Mais Ciel, qu'il connoist mal à quel point est chery,
Par la femme d'honneur vn illustre mary!
Malgré son changement, & son mespris encore,
(Dieux ne m'escoutez point) mes filles ie l'adore;
Et ie ne fay de vœux .....

HECVBE.

Madame, le voicy:

ORMENE.

Rentrons, son œil me dit que ie m'oste d'icy.

SCENE DEVXIESME

TIRIDATE, PHARNABASE.

TIRIDATE.

Il sort de sa Tente.

NFIN ie suis vainqueur, la gloire m'enuironne;
Ie brille de l'esclat d'vne double couronne;
Toute la Capadoce est soumise à mes lois;
Et ie m'en vay monter au Trosne de ses Rois.
Cette derniere place estant presque occupée,
Il faut prendre le sceptre acquis par mon espée;
Et gouster les douceurs, & le souuerain bien,
Que la victoire donne aux cœurs comme le mien.
Nostre rare valeur a passé comme vn foudre;
Les plus superbes tours, ne sont qu'vn peu de poudre;
Tout flechit, tout se rend, & mes heureux projets
N'ont point eu d'ennemis, qui ne soient mes sujets.

Vn

Vn beau-pere insolent est dans la seruitude,
Son fils attend de nous vn traitement plus rude;
Deja nous le tenons enclos de toutes parts,
Et ses derniers efforts, dans ses derniers ramparts,
Tesmoignent sa foiblesse, & son humeur altiere:
La ville d'Amasie est vn beau Cimetiere;
C'est icy que mon bras atterre son orgueil;
Il en fait son azile, & i'en fais son cercueil;
Il succombe desia sous l'effort qui l'accable,
Les Beliers ont agi, la bresche est raisonnable,
Et le premier assaut que ie m'en vay donner,
Acheue cette guerre, & me va couronner.

PHARNABASE.

La conqueste si prompte est bien mal asseurée,
La fureur des torrens n'est iamais de durée:
Surprendre vn ennemy c'est (pour ne point flatter)
Derober la victoire, & non pas l'acheter,
Quand sur la foy publique vn Prince se repose,
Qu'il n'a point de suiet de craindre aucune chose,
Certes il est aisé d'opprimer sa valeur,
Et toute sa prudence est courte en ce malheur.

TIRIDATE.

Vous offensez vn Prince en disant qu'il sommeille:
Le rang de Souuerain veut que tousiours il veille;
Et qui s'asseure trop en ce qu'on luy promet,
Merite le malheur où sa faute le met.

PHARNABASE.

Seigneur, qui vous instruit en de telles maximes?
Croyez-vous donc qu'vn Roy doiue faire des crimes?
Et qu'il luy soit permis de violer sa foy,
Comme n'estant plus homme, à cause qu'il est Roy?

TIRIDATE.

Ceux qui tiennent vn rang de puissance infinie,
Sont instruits seulement par vn diuin Genie,
Qui fait tousiours ceder au cœur d'vn Potentat,
Cette raison commune, à la raison d'Estat.

PHARNABASE.

Croyez-vous donc auoir la fortune prospere,
Quand vous aurez destruit vn innocent beau-pere?
Croyez-vous bien franchir vn pas si dangereux?
Et qu'vne iniuste guerre ait vn succez heureux?

TIRIDATE.

Ne iugez point des Rois, ame vulgaire & basse;
Ne les mesurez pas auec vne autre race;
Pour les y comparer, ils sont trop differens,
Les Rois ont des suiets, & n'ont point de parens.

PHARNABASE.

Mais suposons enfin que l'on prenne Amasie,
Vous verrez sur vos bras, & l'vne & l'autre Asie;

Tous les Princes voisins prenant part à l'affront,
Contre tant d'ennemis, que peut vn Roy de Pont?

TIRIDATE.

Mais que ne peut-il point? & que peuuẽt les autres,
Quels efforts suffiront à s'opposer aux nostres?
Et quel de mes voisins osera conceuoir
Le penser seulement de choquer mon pouuoir?
Apres ce coup d'essay de ma force infinie,
Qu'on arme contre moy toute la Bithinie,
Et que le Frigien aide à mes ennemis,
Si ie veux tourner teste, on les verra soumis.
Non, non, rien desormais ne peut ternir ma gloire;
La victoire me suit, & tout suit la victoire:
Les suiets d'Orosmane, & vaincus, & charmez,
Seruent contre celuy qui les auoit armez;
Du debris de son camp le mien se fortifie.

PHARNABASE.

Le vaincu pour tromper le vainqueur qui s'y fie.

TIRIDATE.

Sur le moindre soupçon, vne iuste rigueur
Perdra tous les vaincus pour sauuer le vainqueur.

PHARNABASE.

Vos gens auec douleur semblent porter les armes,

Quand ils versent du sang, ils respandēt des larmes,
Et vous n'estes seruy dans ce mauuais dessein,
Que parce qu'vn suiet doit tout au Souuerain.

TIRIDATE.

Soit qu'on me suiue icy, par amour, ou par force,
L'espoir d'vn grand butin, est vne belle amorce:
Et puis, leur volonté ne fait pas mes destins,
Ie suis Maistre, & mon bras sçait punir les mutins.

PHARNABASE.

Esprit du grand Hermon, si ton œil me regarde;
Si tu vois le depost que tu mis en ma garde;
Sois tesmoin qu'auiourd'huy ma voix a combatu,
Les sentimens d'vn fils qui n'a pas ta vertu;
Et si l'ire des Dieux dans quelque temps l'accable,
Grand Prince, souuiens-toy qu'il en fut seul coupable.

TIRIDATE.

Vous mesme, Pharnabase, ayez le souuenir
Qu'vn discours insolent se peut faire punir.
Chacun vit à sa mode, & dans l'heur que i'espere,
Ie ne me regle point au Regne de mon pere:
Ce qui fut bon pour luy, seroit mauuais pour moy;
En vn mot il regnoit, & ie pense estre Roy.
Mais le fascheux objet que le Destin m'enuoye!
Dieux, par quelle raison souffrés-vous qu'il me voye?

SCENE TROISIESME.

PHRAARTE, OROSMANE, deux GARDES, TIRIDATE, PHARNABASE.

PHRAARTE.

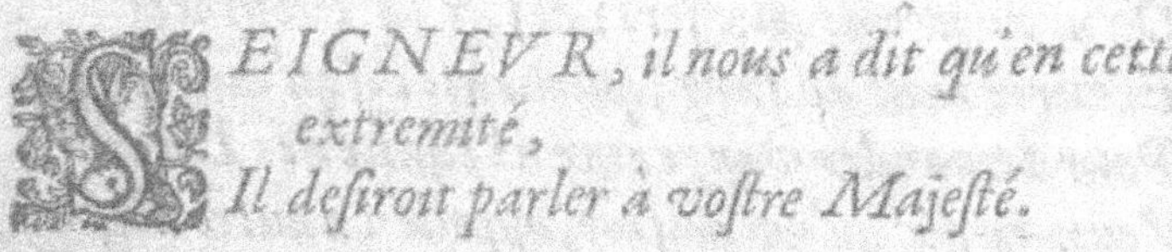

SEIGNEVR, il nous a dit qu'en cette extremité,
Il desiroit parler à vostre Majesté.

OROSMANE.

Impitoyable fils, ta haine est assouuie;
Tu tiens en ton pouuoir mon Estat & ma vie;
Et le sort fauorable aux vœux du plus puissant,
A soustenu ton crime, & perdu l'innocent.
Il semble que les Dieux ont changé de nature,
Ou que tout icy bas n'aille qu'à l'aduenture,
Puis qu'on void l'iniustice en ce degré qu'elle est,

Et la vertu soumise à tout ce qui luy plaist.
Cette main, dont le bruit en sa gloire naissante,
Volla du bords du Tybre aux riuages du Xanthe;
Qui par tout surmonta les obstacles offerts,
A laissé choir vn Sceptre, & s'est soumise aux fers:
Ta fraude, ie l'aduouë, a vaincu ma prudence;
I'ay commis vne faute, & i'en fais penitence;
Ie me consume en vain en regrets superflus;
N'es-tu pas satisfait? & que cherches-tu plus?
Veux-tu bannir du monde vn innocent beau-frere?
Et parce que tu vois que le sort m'est contraire,
Ton iniuste fureur qui m'a tant outragé,
Veut-elle doublement affliger l'affligé?
Ne te suffit-il pas, inexorable Prince,
De m'auoir mis aux fers? desolé la Prouince?
Et versé tant de sang, qui monté iusqu'aux Cieux,
Pour demander vangeance à l'equité des Dieux?
Veux-tu dõc qu'vn abisme, appelle vn autre abisme?
Et qu'vn crime en ton ame, appelle vn autre crime?
Ha! pardonne à Tigrane, il a trop enduré;
Laisse à ce pauure Prince vn azile assuré;
Et sans poursuiure encor vn dessein si funeste,
Souffre que d'vn Royaume, vne ville luy reste:
C'est bien la moindre part qu'vn fils y doit auoir:
Ainsi iamais le sort n'esbranle ton pouuoir;
Ainsi le Ciel benin puisse oublier ta faute,
Et ta main conseruer le Sceptre qu'elle m'oste.

TIRIDATE.

Tiridate veut viure, ainsi qu'il a vescu;
Ne vaincre qu'à demy, c'est n'auoir pas vaincu.
Pour arrester mon bras, cette feinte est grossiere:
Que l'ennemy se rende, ou morde la poussiere:
Et s'il veut obtenir quelque pitié de nous,
Qu'il quitte ses remparts, & paroisse à genoux.

OROSMANE.

Soit pour faire ceder sa fortune à la tienne,
Souffre que ie le voye, & que ie l'entretienne: Il feint d'y resister.

TIRIDATE.

Allez faire ranger mes gens de toutes parts,
Et qu'on le meine apres au pied de ces ramparts;
Faites sommer ce fils de parler à son pere:
Mais si leur entretien n'est tel que ie l'espere,
Et que cet orgueilleux persiste en son dessein,
Qu'on luy mette à l'instant vn poignard dans le sein.
Phraarte, il suffira d'en faire bien la feinte; Il le rappelle, & luy parle bas.
Car ie veux seulement l'esmouuoir par la crainte;
Si son fils ne se rend, sans luy faire aucun mal,
Qu'on donne à l'heure mesme vn assaut general.
Il paroist sur la Tour, allez en diligence
Preparer les moyens d'vne illustre vangeance:
Le voilà, depeschez, contentez mon esprit,
Et ne manquez à rien de ce que i'ay prescrit.

SCENE QVATRIESME.

POLIXENE, TIGRANE.

POLIXENE.

ENFIN Seigneur, enfin, l'espoir nous abandonne,
Et pour me conseruer, vous perdez la Couronne:
Ha! destournez ces yeux que ie voy tous en pleurs,
Du visage fatal qui cause vos malheurs.
Priuez-le, priuez-le de cette grace insigne;
Ne le regardez plus, puis qu'il en est indigne;
Ie trouue que chacun a droit de me blasmer;
Mes yeux ont fait vn crime, en me faisant aimer.
Mais Seigneur, dans l'estat où le Destin nous range,
Faites que vostre main me punisse & vous vange.
Vous pouuez restablir vostre premier bon-heur,
Et sauuer vostre Estat, en sauuant mon honneur.

Accordez

Accordez moy la mort, ie n'attens autre chose:
L'effet sera destruit, si l'on destruit la cause;
Et ce cruel Tiran qui ne cherche que moy,
Quand ie ne seray plus, deliurera le Roy.
N'escoutez point, Seigneur, nostre amour qui vous flatte;
Ne songez point à moy, pensez à Tiridate;
Et pour vous garantir d'vn monstre furieux,
Veüillez hausser le bras, & destourner les yeux.

TIGRANE.

Ha! changeZ de discours, ma chere Polixene,
Vous augmenteZ mes pleurs, vous irritez ma peine;
Cedons, cedons plustost à la fureur du sort;
Suiuez, ie le permets, le party du plus fort;
Separez vos Destins de ceux d'vn miserable;
Euitez sagement sa perte inéuitable;
Et songez que la vostre est le plus grand malheur,
Que l'on puisse adiouster à ma iuste douleur,
Que l'Estat soit perdu, que ma perte le suiue;
Qu'vn autre soit heureux, que Polixene viue;
Que de tous mes trauaux Tiridate ait le fruit;
C'est ce que ie demãde aux Dieux qui m'ont destruit.

POLIXENE.

Quoy? vous croyez, Seigneur, que ie sois assez lasche
Pour suiure en ce mal-heur vn cõseil qui me fasche?

Il semble que mon cœur, comme vous le traittez,
Ne veüille prendre part qu'à vos felicitez!
Qu'il ne veut point courir vos diuerses fortunes,
Et se donner la couche, & la tombe communes?
Non, non, croyez Seigneur, en cette extremité,
Où le bon-heur, le Sceptre, & l'espoir m'est osté,
Que nous ne cedons point à la vertu d'vn autre,
Et que vostre Destin sera tousiours le nostre.

TIGRANE.

O cœur vrayment Royal, seul bien d'vn affligé!

POLIXENE.

Vnique objet du mien, vous l'auez outragé:
Mais que veulent ces gens?

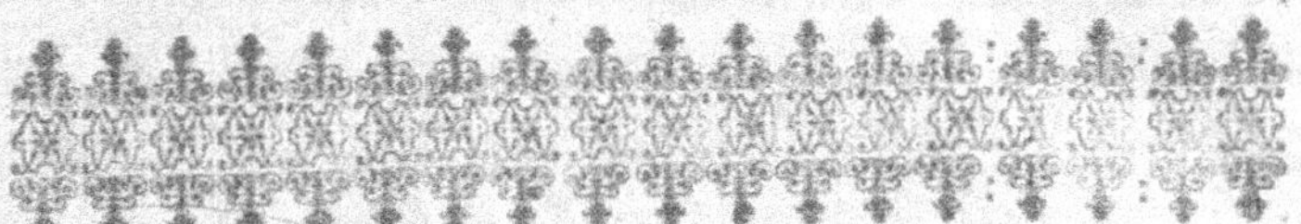

SCENE CINQVIESME.

PHRAARTE, OROSMANE, DEVX GARDES, TIGRANE, POLIXENE,

PHRAARTE.

ADuancez vers la porte, Il parle à ses Soldats.
Pendant que ie feray ce que mon ordre porte.
O contrainte fascheuse où ie suis obligé!
Ie te plains dans le cœur, pauure Prince affligé; Il dit ces 4. vers bas.
Mais si i'acheue en fin le dessein que ie trame,
Phraarte en te sauuant, se sauuera de blasme.
C'est le Roy mon Seigneur, qui me fait t'aduertir
De luy rendre la place, & d'en vouloir sortir;
Car si tu ne le fais, consulte, delibere; Il hausse le poignard.
I'ay le commandement de poignarder ton pere.

TIGRANE.

O Dieux! en quel estat me trouuay-ie en ce iour?
Que dois-ie deuenir? Nature, honneur, Amour,

Helas! qui de vous trois fera pancher mon ame,
Sans me combler de peine, außi bien que de blasme?
O Ciel trop rigoureux contre moy conjuré,
Voulez-vous que i'agisse en fils desnaturé?
Mais außi voulez-vous que ie me rende infame,
Et que mes laschetez abandonnent ma femme?
Et toy puissant Amour qui regnes dans mon cœur,
Pourras-tu biẽ te rendre, & souffrir vn vainqueur?
O Destins ennemis dont la rigueur m'opresse!
Quoy? faut-il perdre vn Pere, ou biẽ vne Maistresse?
Et dans le triste estat qui me met aux abois,
Croyez-vous qu'vn esprit puisse faire ce choix?
Ouy, malgré mon amour, malgré ma jalousie,
Inuisible bourreau de nostre fantaisie,
La Nature l'emporte, & ce premier deuoir
Comme estant le plus iuste, a le plus de pouuoir:
Arreste mal-heureux, garde bien d'entreprendre
Ce detestable coup, puis que ie me veux rendre.

OROSMANE.

Tigrane, oses-tu bien par crainte, ou par pitié,
Mespriser la vertu, plustost que l'amitié?
T'aurois-ie fait vn cœur capable de foiblesse?
Oses-tu prononcer ce discours qui me blesse?
Sçache que mon esprit ne peut souffrir ta vois,
Qui veut faire vne injure au sang de tant de Rois.
Parle, as-tu remarqué que i'aime assez la vie,
Pour craindre laschement qu'elle me soit rauie?

Et crois-tu dans l'estat où ie suis deuant toy,
Parce que i'ay des fers, que ie ne sois plus Roy?
Non, des biens seulement la fortune se ioüe;
Si tu n'es genereux, va, ie te desaduoüe.

TIGRANE.

Mais vous pouuoir sauuer, & ne le faire pas!

OROSMANE.

Empesche nostre honte, & non pas mon trespas.

TIGRANE.

Et quoy, i'aurois le cœur de vous voir rauir l'ame?

OROSMANE.

Regarde si ie tremble en voyant cette lame:

PHRAARTE.

Ha! c'est trop! — Il feint de le fraper.

TIGRANE.

Assaßin, arreste ie me rends:

OROSMANE.

L'honneur te le deffend, & ie te le deffends:
Va mourir sur la bresche où l'honneur te demande.

TIGRANE.

Me le commandez-vous?

OROSMANE.

Ouy, ie te le commande.

TIGRANE.

Il vous faut obeir.

OROSMANE.

Acheue, acheue moy.

PHRAARTE.

Il dit ce vers à part. *Le visage des Rois imprime de l'effroy;*
Aux armes compagnons:

TIGRANE.

Mes Citoyens aux armes.

POLIXENE.

Dieux, espargnez le sang, & payez-vous de larmes!

PHRAARTE.

Il regarde derriere le Theatre. *Courage mes amis, aduancez, aduancez;*

VN GARDE.

La premiere Phalange est au bord des fossez.

PHRAARTE.

A l'assaut,

TIGRANE.

A la mort,

OROSMANE.

Meurs en fils d'Orosmane,
Comme ie vay mourir en pere de Tigrane.

Fin du premier Acte.

ACTE II.

TIRIDATE, ORMENE, PHARNABASE, CASSANDRE, HECVBE, troupe de GARDES, OROSMANE, troupe de CITOYENS, PHRAARTE, TIGRANE, POLIXENE.

SCENE PREMIERE.

TIRIDATE, ORMENE, PHARNABASE, CASSANDRE, HECVBE, troupe de GARDES.

TIRIDATE.

Il sort de sa Tente.

Entrez, rentrez Madame, & ne m'empeschez pas
D'aller voir auiourd'huy la fin de nos combats:
Il n'est rien de plaisant pour vne ame offensée,
Comme l'affreux objet d'vne ville forcée:

C'est

C'est là que le desordre est agreable aux yeux;
C'est là que doit paraistre vn cœur victorieux:
Car au milieu des morts, du sang, & de la proye,
Le feu qui la deuore, est vn beau feu de joye.

ORMENE.

Seigneur, oyez la voix de ma iuste amitié;
En faueur de mon frere, escoutez la pitié;
Songez que la rigueur peut obscurcir la gloire,
Et n'ensanglantez point vne belle victoire.
Certes quand son peché seroit mesme infini,
Confessez-moy, Seigneur, qu'il est assez puni:
Bien qu'on le laisse viure, & bien qu'on luy pardonne,
Vn Prince a tout perdu, quand il perd la couronne;
Ainsi vous ne prenez que des soins superflus;
Car Tigrane est encor, mais le Prince n'est plus.

TIRIDATE.

Enfin ie voy vostre ame, & ie remarque en elle
Cette lasche pitié qui la rend criminelle:
L'interest d'vn mary qui vous deuroit toucher,
Cede à celuy d'vn frere, infidelle, & plus cher:
Et par cette requeste, à bon droit reiettée,
Vous oubliez le rang où vous estes montée:
Mais bien que vostre esprit, soit pour luy contre moy,
Si suis-ie vostre espoux, si suis-ie vostre Roy.

Si suis-ie vostre espoux, si suis-ie vostre Roy.

ORMENE.

Seigneur, ces noms sacrez sont grauez en mon ame;
Mais quoy, ie suis sa sœur!

TIRIDATE.

Mais vous estes ma femme.

ORMENE.

La Nature me parle, elle a bien du pouuoir:

TIRIDATE.

Contre ce que ie suis, rien n'en deuroit auoir:

ORMENE.

Ce n'est qu'auec respect que ie vous solicite:

TIRIDATE.

La fausse humilité vient d'vn cœur hypocrite.

ORMENE.

Helas! dois-ie oublier ......

TIRIDATE.

Il l'interrompt.

Tout, pour n'oublier pas
Que la rebellion merite le trespas.

ORMENE.

Ha! pleust au Ciel, Seigneur, que mon ame affligée
Vous parust en l'estat où vous l'auez rangée;
Vne extrême douleur s'y verroit en ce iour,
Auec beaucoup de crainte, & beaucoup plus d'a-
mour.
Si vous n'estes Seigneur, le seul objet que i'aime;
Si ie ne vous cheris à l'esgal de moy-mesme;
Puissay-ie maintenant esprouuer en ces lieux,
Ce que peut la colere, & des Rois, & des Dieux.

TIRIDATE.

Conformez donc en fin vostre vouloir au nostre; Il s'en va
Et si vous estes sage esuitez l'vne & l'autre.

ORMENE.

Il s'en va le volage, il s'en va l'inhumain,
Me dérobant son cœur, ensanglanter sa main;
Et volant vers l'objet qui captiue son ame,
Il s'en va le chercher à trauers de la flame.
O frere infortuné qu'a perdu le destin!
Espouuentable objet de sang & de butin,
Terre qui m'as veu naistre, accorde moy la tombe.

CASSANDRE.

Sous les maux de l'esprit, le corps en fin succombe;

Et la force vous manque, & le tint vous paslit.

HECVBE.

Souffrez qu'on vous soustienne, & qu'on vous porte au lit:
Orosmane vient. *Aussi biencét obiet que le sort vous presente,*
Augmenteroit encor cette douleur cuisante:

CASSANDRE.

Ouy, Madame, fuyons de ces funestes lieux:

ORMENE.

Elle entend de son pere. *Helas! ie porte au cœur ce qu'on oste à mes yeux!*

SCENE DEVXIESME.

TROVPE DE CITOYENS, OROSMANE, DEVX GARDES.

VN CITOYEN.

Ils se mettent à genoux. *SEIGNEVR, puis que le sort vous oste la Couronne,*
Qu'il abat vostre Throsne, & qu'il nous abandonne,

AccordeZ-nous vn bien que nous desirons tous;
Souffrez que vos sujets expirent deuant vous;
Et qu'aux yeux de celuy dont la main vous oprime,
Nostre sang respandu luy reproche son crime.
Nos courages vnis en cette extremité,
Sont tous pleins de constance & de fidelité;
Vostre main dans les fers est autant respectée,
Comme en tenant vn Sceptre elle estoit redoutée:
Et quelque indignité qu'on vous fasse en ces lieux,
Nous adorons en vous vne image des Dieux.
Ne croyez pas, Seigneur, qu'vne foiblesse d'ame
Nous ait fait esuiter & le fer & la flame;
Nous auons deffendu nos murs & nos fossez,
Contre vos ennemis, mais ils nous ont forcez:
Si bien que nous cherchons, en perdant la Prouince,
La gloire de mourir aux pieds de nostre Prince.

OROSMANE.

Ha! bons & vrais sujets, dignes d'vn autre sort,
Le Ciel s'apaisera peut-estre par ma mort!
Oüy, vos fidelitez auront leur recompense:
Ie sçay vostre deuoir, mais ie vous en dispense:
Ne tournez plus vers moy, ny le cœur, ny les yeux;
Cette necessité, qui force iusqu'aux Dieux,
A graué dans le Ciel l'arrest irreuocable,
Qui donne le pouuoir à celuy qui m'accable.
Ne resisteZ donc plus à ce decret fatal;

Et taſchez d'amollir cette ame de metal.
Aſſez voſtre grand cœur, dans ma iuſte querelle,
A ſouſtenu ma gloire, & combatu pour elle;
Aſſez il s'eſt fait voir, & ſans pair, & ſans prix;
Ne vous enterrez pas ſous mon triſte débris;
Viuez, obeïſſez, puis que ie le commande;
Voſtre heur ſera le mien, & ie vous le demande.

VN CITOYEN.

Non, non, que ce cruel acheue ſes proiets,
Il aura des captifs, mais non pas des Subiets:
Touſiours noſtre deuoir, & touſiours voſtre gloire,
Seroit les ſeuls obiets qu'aura noſtre memoire.
Il parle aux Soldats. *O vous qui le gardez, ſi ces pleurs que ie voy,*
Viennent de la pitié que vous auez du Roy,
Si vous n'approuuez point l'iniuſtice d'vn maiſtre,
Par l'hõneur, par les Dieux, faites le nous paraiſtre;
Deſchargez de ces fers le plus grand des humains,
Et pour les receuoir, nous preſentons les mains.

OROSMANE.

Il les embraſſe. *O fidelles Subiets!*

VN CITOYEN.

O bon & digne Prince,
Si vous deuez perir, periſſe la Prouince!

SCENE TROISIESME.

OROSMANE, TIRIDATE, PHARNABASE, Troupe de CITOYENS, Troupe de GARDES.

OROSMANE.

TOVRNE, tourne les yeux, homme sans amitié; Il arreste Tiridate, & luy fait voir ces habitans à genoux.
Regarde Tiridate, vn obiet de pitié;
Ne te mets pas au rang des cœurs inexorables;
Ne ferme point l'oreille aux cris des miserables;
Et puis que le destin les range sous ta loy,
Traite-les en Subiets, de Tiran deuiens Roy.
Surmonte en leur faueur ton humeur sanguinaire;
Et de Gendre inhumain, sois Maistre debonnaire.
N'irrite point des maux, dont tu fus seul autheur;
Et force-les d'aimer vn Prince vsurpateur.
Iuge par cette amour qu'a pour moy la Prouince,
Comme les bons Subiets cherissent vn bon Prince;

Sois vainqueur de ton vice apres m'auoir vaincu;
Et pour te faire aimer, vis comme i'ay vescu,
Ou si ta cruauté n'est pas bien assouuie,
Espargne ton Estat, & prens encor ma vie:
Marche (si tu le veux) sur mon front oppressé,
Pour monter dans le Trosne où tu m'as renuersé:
Mais soule à tout le moins ta fureur en ma perte,
Et ne te fais point Roy d'vne ville deserte.
Songe, en voyant l'estat où tu nous as reduis,
Que tu pourras tomber au desastre où ie suis;
Et que si l'equité n'est iamais asseurée,
L'iniustice a tousiours sa peine preparée;
Qu'il n'est rien d'eternel; que tout change icy bas;
Et qu'en faisant vn bien, nous ne le perdons pas,
Ce n'est qu'en leur faueur que ie respands des larmes;
En leur seule faueur, laisse tomber tes armes;
Il s'en va. *Peuple, apres les malheurs qu'Orosmane a soufferts,*
Voila tout ce que peut vn Prince dans les fers.

TIRIDATE.

Qu'on m'oste ces objets de crainte & de foiblesse;
En l'estat où ie suis leur presence me blesse;
Qu'ils songēt sans troubler les plaisirs de mon cœur,
On les oste. *Qu'il faut que les vaincus adorent le vainqueur.*

PHARNABASE.

Seigneur, sōgés vous mesme, en l'estat où vous estes,
Que des monts esleuez les orgueilleuses testes,

De

De la foudre souuent, peuuent sentir les coups,
Et que les Dieux encor, sont au dessus de vous.

TIRIDATE.

Ouy, si ie suis frapé, ce sera du Tonnerre,
Et ie ne crains plus rien du costé de la terre;
Mais puis qu'estant mortel, il me faut vn tombeau,
Pourroy-ie le choisir, ny plus grand, ny plus beau?

PHARNABASE.

Seigneur, n'irritez point la puissance supreme,
On peut gaigner & perdre vn Royal diademe:
Mille exemples fameux vous peuuent enseigner,
Et comme on la doit craindre, & comme on doit regner.

TIRIDATE.

Ha! ie n'ay pas besoin du Conseil qu'on me donne:
Ce bras, ce mesme bras, qui gaigne vne Couronne,
Quel que soit le succez, qui me doiue arriuer:
Comme il peut l'aquerir, sçaura le conseruer.

PHARNABASE.

Que vostre Majesté me permette de dire,
Que quand vostre valeur estendroit son Empire,
Aux plus lointains Climats que l'on ait découuers,
Et feroit vn Estat de tout cet Vniuers:

Quand (dis-ie) vostre cœur , n'auroit plus rien à craindre ,
Si son dessein n'est iuste , il est tousiours à plaindre.
Au milieu des grandeurs , des Throsnes esclatans ,
Les Princes vicieux ne sont iamais contents :
L'or , la Pourpre , le Dais , le Sceptre , & la Couronne ,
Ny la garde qui veille , & qui les enuironne ,
Ne sçauroient empescher que le iuste remords ,
Plus cruel mille fois , que les plus dures morts ,
Au milieu de la Pompe , au milieu de la Gloire ,
Ne leur soit vn bourreau , logé dans la memoire.
L'image de leur crime espouuentable à voir ,
Se presente à leurs yeux , auec le desespoir ;
Et tel dont la grandeur nous paroist souueraine ,
Sur l'yuoire , & sur l'or , se sent mettre à la gesne :
Son esprit est troublé d'vne noire vapeur ;
Il a tout offencé , tout aussi luy fait peur ;
Et son Trosne deuient pour punir sa malice ,
Le superbe eschaffaut de son secret supplice :
Ha ! Seignenr , la raison vous parle par ma voix ,
Elle qui doit regner , ou regnent les grands Rois.

TIRIDATE.

Va , ie n'escoute plus cette vertu farouche ,
Qui te met si souuent l'insolence en la bouche ;
Et si quelque pitié n'intercedoit pour toy ,
Sçache qu'on t'aprendroit à parler à ton Roy :

Ouy, tu ſçaurois enfin que ma colere eſt lente,
Mais qu'en la retenant, elle eſt plus violente,
Et qu'elle eſt vn Torrent que l'on doit redouter.

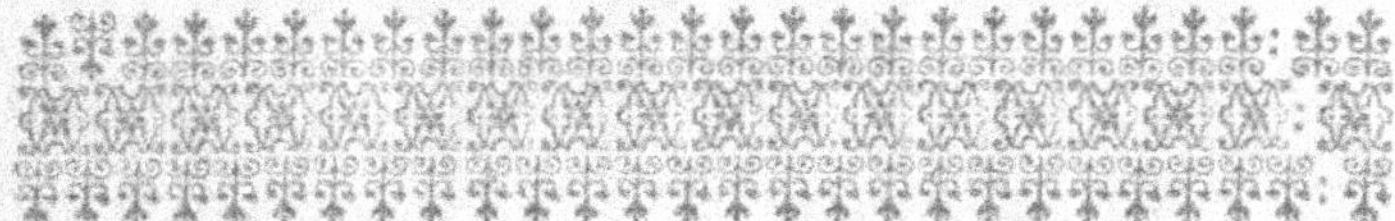

SCENE QVATRIESME.

PHRAARTE, TIRIDATE, PHARNABASE.

PHRAARTE.

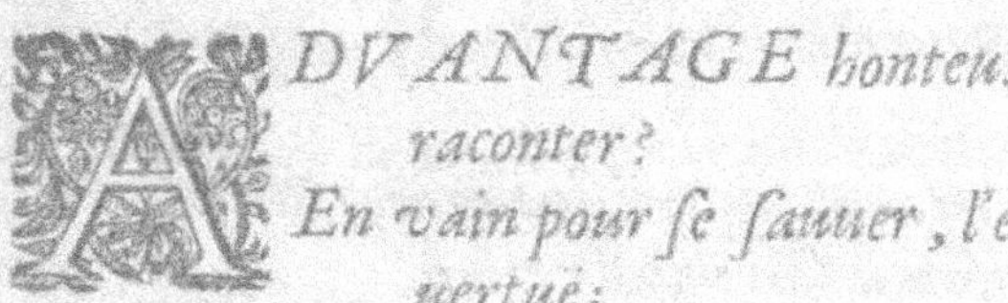

ADVANTAGE honteux, te dois-ie raconter? Il dit ce ver bas.
En vain pour ſe ſauuer, l'ennemy s'eſuertuë;
Nous auons du Chaſteau la deffence abatuë:
Et le ſoldat n'attend, à l'aſſaut apreſté,
Que le commandement de voſtre Majeſté,
Car pour la Ville priſe, elle eſt des-ja paiſible.

TIRIDATE.

Acheue, abats Amour, tout ce qui t'eſt nuiſible:

Donnons, donnons Phraarte, & deuance mes pas;
Fais sçauoir à mes gents qu'il y va du trespas,
Si la moindre insolence outrage Polixene:
Il s'en va. *Volle;*

PHRAARTE.

Et quoy? son amour a donc causé sa haine!
Encor vn nouueau crime apparoist à mes yeux!
Si ie l'ay mal instruit, vous le sçauez grands Dieux!
S'il n'a veu par mes soins, toutes ces belles marques
Dont l'histoire honnora les plus iustes Monarques;
Si la Morale a rien de grand, & d'excellent,
Dont ie n'ays combatu son esprit violent:
O Ciel! punissez moy des fautes de ce Prince,
Comme le seul autheur des maux de la Prouince.
Mais sans perdre le temps, il est plus à propos,
Et pour l'honneur d'vn Maistre, & pour nostre repos,
D'aller encor vn coup, au peril de ta vie,
Opposer la raison à son iniuste enuie.
Dieux, le mal est pressant! Tigrane que ie voy
Sur le haut de la Tour pasle & transi d'effroy,
Et la Princesse encor aussi morte que viue,
Semblent me reprocher que mon ayde est tardiue.

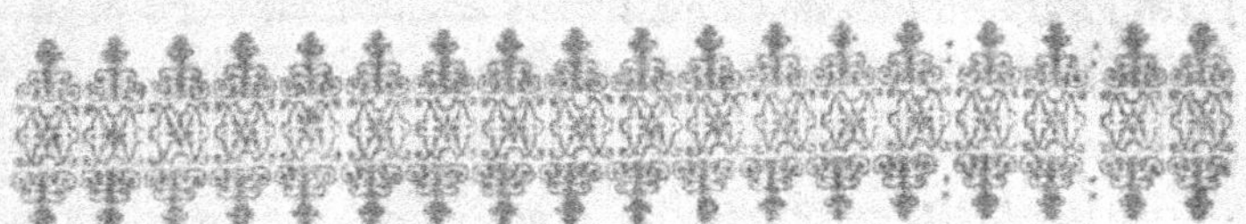

SCENE CINQVIESME.

TIGRANE, POLIXENE.

TIGRANE.

MA chere Polixene, il n'y faut plus penser,
Car l'ennemy s'aproche, il s'en va nous forcer;
Voicy le poinct fatal marqué pour ma ruine,
Voicy l'heure où mon cœur perd ta beauté diuine;
O funeste accident, pire que le trespas!
Perdant le Sceptre seul, ie ne me pleindrois pas;
Cette priuation, n'a rien qui m'importune;
Ie regarde l'Amour, & non pas la Fortune;
Et sous vn toict de chaume, y viuant auec toy,
Ie trouuerois encor tous les plaisirs d'vn Roy:
Tiridate, cruel, vois que ie t'abandonne,
Sans regret, sans douleur, Trosne, Sceptre, & Couronne,

Vsurpe, vsurpe tout, & ne me laisse rien
Que ce diuin obiet, luy seul est tout mon bien;
Sans luy, toutes grandeurs, me semblẽt mesprisables;
Auec luy tous les maux me seront supportables;
Et si de ta bonté, ce thresor m'est rendu,
Tu m'entendras iurer que ie n'ay rien perdu:
Mais que d'vn vain espoir ma pauure ame se flate!
Tigrane n'aime rien, que n'aime Tiridate;
L'effet de ces desirs n'a garde d'arriuer,
Puis qu'il me veut rauir, ce que ie veux sauuer.
Il n'en veut qu'à mon cœur, il n'en veut qu'à ma femme;
Le feu qui me consomme, allume aussi son ame;
Ce qui fait mes plaisirs, fait ses felicitez;
Et son ambition n'en veut qu'à tes beautez.
Orage! ô desespoir! que feras-tu Tigrane?
Quoy, cet obiet sacré, par vne main prophane,
A tes yeux, en tes bras, souffrira la rigueur,
Et d'vn iniuste Amant, & d'vn lasche vainqueur?
Quoy, tu pourras souffrir, qu'il entre dans ta couche?
Tu le verras pasmé sur cette belle bouche?
Et peut estre qu'encor, pour te faire enrager,
Il te laissera viure, afin de t'affliger?
Ha! non, non; meurs plustost, deuance ces miseres;
Va faire ton tombeau, du trosne de tes peres,
On t'a veu naistre Prince, il faut mourir en Roy,
Et d'vn trespas au moins qui despende de toy;

Par l'estomac ouuert, mon ame estant ouuerte,
Vois comme ie me perds, pour ne pas voir ta perte.

Il veut se fraper d'vn poiguard.

POLIXENE.

Ha! Seigneur, est-ce ainsi que vous nous cherissez?
Vous esuitez l'orage, & vous nous y laissez!
En cette extremité, souffrez que ie vous blasme;
Vous semblez vous resoudre à perdre vostre femme:
Ce grand cœur se desment, puis qu'il cede auiourd'huy,
Ce qui certainement ne peut estre qu'à luy.
Pouuez vous conceuoir cette iniuste pensée?
Que feray-ie Seigneur, quand vous m'aurez laissée?
Me croyez vous sans cœur, sans hõneur & sans foy?
L'auriez vous bien pensé, Seigneur, respondez moy.

Elle l'en empesche.

TIGRANE.

Mais toy mesme, mon cœur, que veux tu que ie face?
Tu vois pleuuoir sur moy, disgrace sur disgrace;
Le Ciel pousse auiourd'huy sa fureur iusqu'au bout;
Par tout ie me deffends, on me force par tout:
Enfin ie cede au sort, c'est luy seul qui me dompte:
Mais tout puissant qu'il est, ie luy cede auec honte;
Et si malgré le fiel que sa rage a vomy,
Ie pouuois te sauuer à trauers l'ennemy,
En resistant au mal qui fait que ie succombe,
Au milieu de son camp, i'yrois chercher la tombe.

Mais quoy ! tu vois briller le fer de toutes parts;
On s'en va nous forcer dans nos derniers ramparts:
Ie ne te puis ſauuer, c'eſt vn acte impoßible,
Et ie ne ſçaurois voir ta perte trop ſenſible.

POLIXENE.

Et par quelle raiſon ne le pouuez vous pas?
N'auez vous point vn fer qui donne le treſpas?
Il faut pour me ſauuer d'vn iniuſte Monarque,
Que voſtre main me mette en celle de la parque.
Croyez que cette mort n'aura rien que de dous,
Si ie la puis ſouffrir, & pour vous, & par vous.
Donnez la moy Seigneur, conſultez vous encore?
Percez, percez ce cœur; & puis qu'il vous adore,
Faites par voſtre bras qu'il puiſſe eſtre en ce iour,
Vne belle victime, & d'honneur, & d'Amour.
Touſiours voſtre douceur exauça ma priere;
Eſcoutez celle-cy, puis que c'eſt ma derniere;
Et que ie puiſſe dire, apres ce coup aisé,
Que Tigrane iamais ne m'a rien refusé;
Frappez, & deliurez vne ame malheureuſe.

TIGRANE.

O vertu ſans pareille! ô femme genereuſe!
Ton diſcours me rauit, mais il me fait horreur;
L'Amour retient ce bras, que pouſſe la fureur;
Mon deſeſpoir t'accorde vne iniuſte requeſte,
Mais il trouue à l'inſtant la pitié qui l'arreſte:

Il a beau m'exciter, il a beau discourir;
Vis si tu peux mon ame, & me laisse mourir.

POLIXENE.

Et qui nous vangeroit, lors que ie serois morte?
Suspends cette douleur, elle est desia trop forte:
Suy moy, pour contenter ton Amour infiny;
Mais songe auparauant qui doit estre puny.
Sus donc mon cher Espoux, contente mon enuie;
Par vn coup pitoyable, arrache-moy la vie;
Et iette apres ce corps, dans la flame, ou dans l'eau,
De crainte qu'il ne tombe aux mains de ce bourreau:
Vis donc pour nous vanger, c'est ce que ie demande;
La raison te l'ordonne, & ie te le commande.

TIGRANE.

Quoy? fraper ce que i'ayme!

POLIXENE.

Et quoy, l'abandonner!

TIGRANE.

Luy donner le trespas!

POLIXENE.

Ne le luy pas donner.

TIGRANE.

Se monstrer inhumain!

POLIXENE.

Se monstrer sans courage!

TIGRANE.

T'outrager en t'aimant!

POLIXENE.

Endurer qu'on m'outrage!

TIGRANE.

L'Amour & la fureur, estre ensemble en ce iour!

POLIXENE.

Cette fureur, Tigrane, est elle-mesme Amour.
Sçache dans ce malheur, que ta pitié me blesse:
Ie te coniure donc d'assister ma foiblesse;
Par l'honneur, par l'Amour dont mes sens sont charmez;
En vn mot, par mes yeux si tu les as aymez.

TIGRANE.

Dure necessité!

POLIXENE.

Desia trop balancée;
Connois par ce grand bruit, que la place est forcée. On fait vn grand bruit derriere le Theatre.

TIGRANE.

Execrable, par toy cet Astre doit finir;
Vis donc pour te vanger, & meurs pour te punir.
Perce, perce ce sein, pour qui tu fus sensible;
Iette, iette dans l'eau, ce miracle visible;
Tu n'auras plus vn bien, mais aucun ne l'aura;
L'Amour fait ta fureur, l'Amour t'excusera;
Tu sçauras te vanger, du traistre qui t'oprime:
Tu sçauras te punir, ayant commis ce crime;
Tu seras affligé, tu seras genereux,
Va donc au bord de l'eau, te rendre malheureux. Il part le poignard à la main.

Fin du second Acte.

ACTE III.

POLIXENE, PHRAARTE, Troupe de GARDES, CASSANDRE, TIGRANE, HECVBE, TIRIDATE, OROSMANE, ORMENE, PHARNABASE.

SCENE PREMIERE.

POLIXENE, PHRAARTE, Troupe de GARDES.

POLIXENE.

Elle tient vn mouchoir sur son bras.

CRVELS, puis qu'en ce iour ie cherchois le naufrage,
Vostre secours me nuit, vostre pitié m'outrage;
Me contraindre de viure, en l'estat où ie suis,
C'est d'vn malheur extréme augmenter mes ennuis;

Et m'offrir au tiran, pour qui i'ay tant de haine,
C'est offencer l'honneur ainsi que Polixene.
Donc, si vous en auez, tesmoignez auiourd'huy
Que l'honneur vous est cher, plus que moy, ny que luy:
Souffrez que ie m'oppose à sa brutale enuie;
Esteignez ses desirs, en esteignant ma vie:
Et puis qu'il ne sçait pas que ie sois en vos mains,
Empeschez par ma mort ses iniustes dessains:
Ainsi sans nul danger, vostre bras secourable,
Sauuera vostre gloire, & cette miserable;
Ainsi vous me prouuez bien mieux vostre amitié,
Que par le triste effect d'vne lasche pitié.
Sus donc, haussez la main, que rien ne la retienne;
Ou pour le moins cruels, laissez agir la mienne,
Puis qu'on voit qui luy reste encor quelque vigueur;
Blessez, ou trouuez bon que i'arrache ce cœur.

PHRAARTE.

Madame, plust aux Dieux qu'il fust en ma puis-
sance,
En ce malheureux iour, d'aider à l'innocence:
Je me perdrois Madame, afin de vous sauuer:
Mais si ie l'entreprens, qu'en peut-il arriuer?
Nous sommes dãs le camp, où chacun nous regarde;
Esperez donc au Ciel, c'est luy seul qui vous garde;
Et venez dans ma Tente où ce sang que ie voy
S'arrestera, premier que nous voyons le Roy:

Que ce grand cœur resiste, au mal qui l'importune.

POLIXENE.

Elle entre. *Qui mesprise le iour, mesprise la Fortune.*

PHRAARTE.

Il parle en luy-mesme. *Il n'est pas à propos de luy descouurir rien,*
De ce hardy projet, que ie fais pour son bien;
De crainte que sa ioye, en se faisant paraistre,
Ne mist quelque soupçon en l'ame de mon Maistre.
Mais gardons d'estre veus de ce monde qui vient;
Le dessein important dont mon cœur s'entretient,
Veut que ie me retire, & que ie delibere,
Auec autant de soin, qu'en merite l'affaire.

SCENE DEVXIESME.

CASSANDRE, TIGRANE, HECVBE.

CASSANDRE.

EIGNEVR, que cherchez-vous en ce lieu dangereux?

TIGRANE.

Tout ce que doit chercher vn Prince malheureux; Il est deguisé en soldat simple

La vangeance, & la mort, par Amour, & par haine.

HECVBE.

Si vous estes connu, vostre perte est certaine.

CASSANDRE.

Si sur vous la raison conserue son pouuoir,
Fuyez viste, Seigneur, ne vous laissez point voir.

TIGRANE.

Que ie manque à punir, ce monstre detestable!
Que ie manque à vanger, vn objet tant aimable!
Et que ie viue encor apres auoir commis
Ce que n'auroient pas fait, les plus fiers ennemis.
Non, non, mes filles non, la chose est resoluë;
Et le destin le veut de puissance absoluë;
Il faut que ie me perde, apres auoir perdu
Vn Tresor, qui iamais ne peut m'estre rendu;
Il faut que ie me vange, & que ie me punisse;
Que Tiridate meure, & qu'apres ie finisse.
Il leur monstre son poi-guard. Voyez ce fer sanglant que ie porte en la main,
Par luy i'ay fait vn coup iuste, mais inhumain:
Par luy i'ay fait perir vne beauté si rare,
Amant infortuné, mais beaucoup plus barbare.
O main! cruelle main, que la fureur arma,
Toy main, qui fais perir, ce que le cœur aima;
Qui viens d'ouurir le sein de la personne aimee,
De quels feux violents seras-tu consommée?
Et puis que c'est par toy qu'vn astre a pû finir?
Est-il quelque brasier qui te puisse punir!
Noires filles d'enfer, abandonnez vos gouffres,
Aportez en ces lieux vos flames, & vos souffres,
Venez, venez à moy; quittez vos criminels,
Mon crime est infini, vos feux sont eternels;
Pour vanger sur ma main l'innocence oprimée,
Qu'elle brusle tousiours, sans estre consommée.

Cher

Cher esprit, que ma main a separé du corps,
Belle ame, vois du Ciel ma rage, & mes transports;
Mon amour, ma douleur, mon desespoir extréme;
Jette l'œil sur mon cœur, pour connoistre s'il t'aime; Il se met à genoux.
Et si par tant de cris ie puis estre entendu,
Vois que i'adore icy ce que i'ay respandu: Il entend le sang de sa femme qu'il voit à son poignard.
Mais sans plus m'arrester à cette pleinte vaine,
Donnez-moy le moyen de parler à la Reine;
Sa Tente (à mon aduis) n'est pas bien loing d'icy;
Cassandre, respondez?

CASSANDRE.

Non Seigneur, la voicy.

HECVBE.

Dieux entrez, le Roy vient:

TIGRANE.

Faut-il que ie me cache,
Moy qui cherche par tout, vn ennemy si lasche?
Ouy, sa garde le suit, & pour en approcher,
Souffre vne fois honneur, que ie m'aille cacher. Il entre.

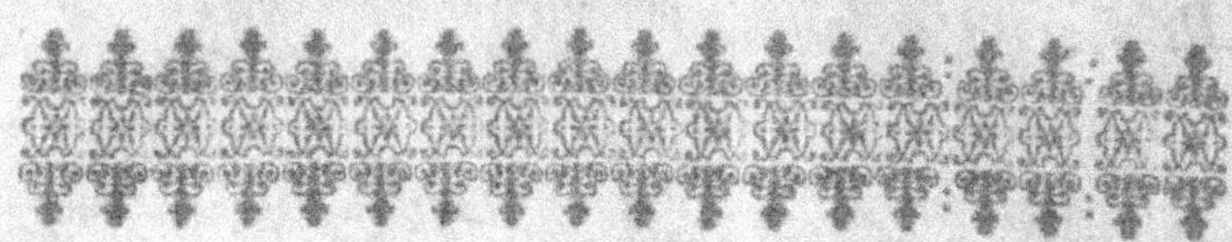

SCENE TROISIESME.

TIRIDATE, OROSMANE, ORMENE, PHARNABASE, Troupe de GARDES.

TIRIDATE.

APrenez qu'vn grand cœur amoureux de la gloire,
Est ardent au combat, & doux en la victoire.

OROSMANE.

Tiridate, mon ame auroit tort d'en douter,
On le void en ces fers, que tu me fais porter.

TIRIDATE.

Vous les aimez tous deux, vostre bouche est discrette;
Mais pourquoy me celer le lieu de leur retraicte?

S'ils reuiennent enfin sans craindre mon pouuoir,
Ils verront le plaisir que i'auray de les voir.

ORMENE.

Seigneur, ie le dirois si i'estois mieux instruite,
Des chemins inconnus, où s'adresse leur fuite:
Et ie n'oposerois contre vos volontez,
Que mes profonds respects, & vos propres bontez.

OROSMANE.

O fils, qui n'es plus fils, ie lis dans ta pensée!
I'y voy ta violence, & ta flamme insensée;
Tu portes sur le front ton iniuste desir,
Les marques de ton crime, & de ton desplaisir.
Tu crois ne rien gaigner, si tu perds Polixene;
Ta voix en nous flatant, est vn chant de Sirene;
Tu crois nous endormir, par des termes si dous,
Surprendre nostre esprit, & te mocquer de nous.
Mais apprends inhumain, que ie sçay ta malice;
Que ma raison void clair, dans ce noir artifice;
Et que pour descouurir ce que tu veux sçauoir,
Ta plus grande fureur manqueroit de pouuoir.
Ie sçay bien, ô cruel, que ta rage est extréme;
Mais arme tes bourreaux, ou sois bourreau toy-mesme.
Aplique à la torture, vn Prince malheureux;
Sois inhumain, sois Tigre, il sera genereux.

TIRIDATE.

Quoy donc, i'auray perdu le fruict de tant de peine?
Et bien, soit, il est vray, i'adore Polixene:
Je ne veux plus cacher que i'en suis enflamé;
Cet obiet est trop beau pour n'estre pas aimé;
I'ay des yeux, elle est belle, autant qu'il est poßible;
Ses regards ont des traicts, & moy ie suis sensible.
Peut-on ne l'aimer point en voyant ses apas?
Jl faudroit s'estonner si ie ne l'aimois pas.
Qu'elle aille en me fuyant iusqu'au bout de la Terre,
Plus viste qu'vn torrent i'iray porter la Guerre,
Ie la suiuray par tout, & les Bois, & les Mers,
Et les pleines de sable, & les affreux deserts,
Les monts, & les rochers qui s'esleuent aux nuës;
Ny des abysmes creux les routes inconnuës;
Ny les soldats armez, ny le feu, ny le fer,
Ny le secours du Ciel, ny celuy de l'Enfer,
Ne sçauroient empescher qu'vne illustre conqueste,
Du plus beau des Lauriers n'enuironne ma teste;
Et qu'apres ces trauaux ie ne reuienne vn iour,
Couronné par les mains, & de Mars, & d'Amour.

ORMENE.

Seigneur, en attendant que le destin la rende,
A ce cœur affligé puis qu'il la luy demande:
Veuillez-vous deliurer d'vn obiet desplaisant;
Vostre seuerité m'oblige en le faisant;

N'offencez point les yeux d'vne nouuelle Espouse,
Des regards importuns d'vne femme jalouse.
Goutez (en me donnant vn tombeau sous ces murs)
Et des biens sans trauerse, & des plaisirs tous purs.
Accordez à mes pleurs la mort que ie desire;
Et croyez-moy, Seigneur, que le iour ny l'Empire,
N'ont rien d'assez puissant pour causer mon regret;
Que si vous permettez à mon esprit discret,
De vous nommer vn mal plus fort que ma constance,
C'est la perte, Seigneur, de vostre bien-veillance;
Elle seule m'afflige, elle seule auiourd'huy
Me fait sentir ma peine, & la gloire d'autruy.
A toute heure l'Amour r'appelle en ma memoire,
Ces moments bien-heureux, & pour moy pleins de gloire,
Où vos yeux dans les miens adoroient des appas,
Que vous croyez y voir, & que ie n'auois pas.
A toute heure l'Amour, qui veut m'oster la vie,
D'vne felicité que vous m'auez rauie,
Fait le tourment secret de mon cœur esperdu,
Et me dit que ce bien ne peut m'estre rendu,
Mais dans ce mal pressant, Seigneur, ie vous le iure,
Ie souspire, ie pleins, mais tousiours sans murmure:
Quels que soient vos mespris, quel que soit mon malheur,
Vous verrez mon respect plus fort que ma douleur;

Et quand i'auray lassé la fortune inhumaine,
Ma mort vous fera voir quelle estoit vostre Ormene.

OROSMANE.

Helas! à ce propos qui doit t'estre si cher,
Ton cœur se deuroit fendre, & fust-il de rocher:
Cependant auiourd'huy, ie voy que ce remede
T'esmeut sans te purger du mal qui te possede:
Tu fremis sous l'effort que te fait la raison,
Mais ton ame pourtant, veut garder son poison:
Tu te plais de ceder au vainqueur qui te dompte,
Tu vois bien la vertu, mais elle te fait honte;
Tu rougis, mais enfin tu ne peux consentir
Au conseil que te donne vn iuste repentir:
Esclaue du peché, tu veux suiure ton Maistre;
Tu le connois meschant, mais quoy, tu le veux estre;
Et bien poursuy, poursuy tes iniustes desseins:
Mais ie croy que la mort a sauué de tes mains
Polixene, & Tigrane, en vn iour si funeste;
Exerce ta fureur, sur tout ce qui te reste.

TIRIDATE.

Il les chasse, *Allez obiets fascheux, qui troublez mes plaisirs,*
Si ce presage est vray, ie suiuray vos desirs;
Et si par ce Tombeau, la Tombe m'est ouuerte,
Vous estes bien certains d'accompagner ma perte.

PHARNABASE.

Ha! Seigneur, Ha! Seigneur, oubliez-vous son rang?
Et le respect du Trosne, & le respect du sang?
Quoy? n'escoutez-vous plus, dedans cette aduanture,
La voix de la raison, la voix de la Nature,
Elles de qui la terre, obserue, & suit les loix?

TIRIDATE.

Il n'est point d'autre Loy, que le vouloir des Rois:
C'est de nous qu'elle vient, tous puissants que nous sommes;
C'est nous qui sommes Dieux, qui la donnons aux hommes;
Mais bien que les mortels la doiuent respecter,
Celuy qui fait vn joug, ne le doit pas porter.

PHARNABASE.

Le Prince est vn objet que l'Vniuers contemple;
Chacun bon ou mauuais, se forme à son exemple;
C'est luy qui perd le peuple, ou c'est luy qui l'instruit;
Il marche le premier, tout le reste le suit;
S'il obserue les Loix, elles semblent aisees;
Mais lors qu'il les mesprise, elles sont mesprisees;
Et ie dis franchement (bien que i'en sois hay)
Qu'il leur doit obeïr, s'il veut estre obey.

TIRIDATE.

Le Prince dans le Trosne où l'esclat l'enuironne,
Par les rayons brillants que iette la Couronne,
Et par ceux d'vne foudre encor preste à darder,
Empesche les subiets de le tant regarder.

PHARNABASE.

De quelque foudre enfin dont sa main soit pourueuë,
Il est trop esleué pour n'estre pas en veuë;
Et c'est ce qui l'oblige à faire son deuoir,
Sçachant qu'il ne fait rien que l'on ne puisse voir.

TIRIDATE.

Si ie trouue ma Reine apres cette Victoire,
Plus i'auray de tesmoins, & plus i'auray de Gloire
Et ie voudrois pouuoir par cent combats diuers,
La mener en Triomphe aux yeux de l'Vniuers;
Ie tiens ma flame iuste autant qu'elle est plaisante,
Quel Demon de lumiere à mes yeux se presente?
Polixene arriue. *Trompeuse illusion dont les charmes puissans,*
Font naistre vn vray plaisir en deceuant mes sens;
Ne te dissipe point, laisse durer ma ioye.

SCENE

SCENE QVATRIESME.

PHRAARTE, TIRIDATE, POLIXENE, PHARNABASE, Troupe de GARDES.

PHRAARTE.

Ristesse, rentre au cœur, de peur qu'on ne te voye. Il dit ce vers bas.
I'ataquois l'ennemy, par le costé de l'eau;
Lors qu'vn homme en courant est sorty du Chasteau,
Qui poussé des fureurs qui mestrisoient son ame,
A donné d'vn Poignard dans le sein de Madame:
Et par vn second crime horrible a racompter,
Dans le milieu de l'onde a voulu la ietter:
Mais vn Tronc par bon-heur a sa robe acrochée,
Diuerty ce dessein, & sa perte empeschée,
I'a couru promptement: mais estant arriué,

I'ay couru promptement, mais estant arriué,
Cet homme à trauers l'eau s'estoit des-ja sauué;
Or soit que la frayeur empeschast sa cholere,
Ou qu'il fust trop pressé, la blessure est legere:
I'ay cru de mon deuoir en cette nouueauté,
D'en venir rendre compte à vostre Majesté,
Et de luy presenter cette belle captiue.

TIRIDATE.

Je suis par ton moyen, le plus heureux qui viue!
Ie ne puis te payer, ie t'en fais vn adueu;
Car en te donnant tout, ie te donnerois peu.
Madame, quel Demon, quel Monstre, quel Barbare
A respandu le sang d'vne beauté si rare?
Quelle main sacrilege, a pu frapper vn corps,
Ou la Nature a mis ses plus riches Tresors?
N'a-telle point tremblé lors qu'elle a fait ce crime?
Monstre, qui que tu sois, tu seras sa victime:
Ha! Madame, voyez en ma pasle couleur,
L'effect de vostre sang, qui cause ma douleur.

POLIXENE.

Ha! cruel, si mes maux ont pour toy quelques charmes,
Laisse couler mon sang, taris plustost mes larmes:
Et sans pleindre ce corps que l'Amour a frappé,
Va remettre Orosmane en son Trosne vsurpé.

Inhumain, peux-tu bien le sçauoir à la chaine,
Et l'offrir seulement aux yeux de Polixene?
Arreste, arreste enfin, ton iniuste courroux;
Ne desespere plus, ny moy, ny mon Espoux;
Considere les pleurs de ta pudique femme;
Va luy rendre ton cœur, va luy rendre ton ame;
Tu n'aduanceras rien, ton crime a beau parler;
Ma constance est vn roc, qu'on ne peut esbranler;
Tu me verras courir à mon heure fatale,
Auant que contenter ta passion brutale:
Sois pour ton interest vn peu moins vicieux;
Crains, crains le chastiment, songe qu'il est des Dieux;
Et qu'vn vsurpateur a tousiours sur la teste,
La foudre espouuentable à tomber toute preste.

TIRIDATE.

Non, non, ne croyez-pas que mon ambition
M'ait obligé de faire vne telle action;
Outre qu'on m'a veu naistre auec vne Couronne,
La fortune qui m'aime, est celle qui les donne;
Et sans prendre la leur, ce bras a le pouuoir
De m'en acquerir cent, si ie les veux auoir.
Mais souffrez mon discours, il est pour vostre Gloire:
Ie suy, ie suy l'Amour, & non pas la Victoire:

Ce visage adorable impose aux volontez
Vne necessité d'adorer ses beautez:
Si cela vous desplaist dedans cette aduanture,
Accusez vos appas, accusez la Nature,
Vous estes trop aimable, obiet rare & charmant,
Et moy ie voy trop clair pour n'estre pas Amant.
Mais ie veus que l'Amour soit le seul qui vous force:
Et pour vous posseder ie veux faire vn diuorce,
Par là vostre vertu se pourra contenter:
Vne double Couronne est plaisante a porter:
Songez-y Polixene, & suiuez mon enuie,
Si vous auez dessein qu'Orosmane ait la vie;
Donnez-moy vostre amour, donnez-moy vostre cœur;
Traictez bien vn vaincu, pour l'estre du vainqueur.

POLIXENE.

Vne Couronne est belle, elle doit estre chere;
Ce doit estre vn Tresor que les iours d'vn beau-pere;
Mais ie n'estime point, ny plaisir, ny bon-heur,
Ny Couronne, ny Pere, a l'esgal de l'honneur.
C'est luy seul que ie suy; c'est luy seul que i'adore;
Afin de le sauuer, que tout perisse encore;
Pere, sœur, & mary, moy-mesme si tu veux:
Si tu m'ostes le fer, vois que i'ay des cheueux;
Elle entend pour s'estrangler. *Ie trouueray la mort pour sortir de misere,*
Et reioindray bien tost, Espoux, & Sœur, & Pere.

TIRIDATE.

O fier & beau subiect de mon affection!

POLIXENE.

O desplaisant obiet de mon aduersion!

TIRIDATE.

Ie suis forcé d'aimer en voyant ce visage;

POLIXENE.

Redonne-moy les mains, & m'en permets l'vsage,
Laisse agir mon amour, laisse agir ma fureur,
Je veux le deschirer, ie veux te faire horreur.

TIRIDATE.

Empeschez la Phraarte, ô femme inexorable! On la tient.
O Demon plein d'appas! ô Tigresse adorable!
Apres que vainement mon cœur a combatu,
Ie te deurois haïr.

POLIXENE.

Pourquoy ne le fais-tu?

TIRIDATE.

Il faudra bien enfin chercher quelque alegeance;
Et i'espere trouuer vne douce vangeance.

POLIXENE.

O Dieux!

TIRIDATE.

Mais ie promets de faire mes efforts,
Pour incliner l'esprit sans contraindre le corps.
Comme i'ay tousiours creu la Victoire assurée,
Il luy monstre vne Tente. *Vostre chambre, Madame, est desia preparée,*
Vous plaist-il pas entrer?

POLIXENE.

Execrable bourreau,
N'en fais pas mon logis, mais fais en mon Tombeau,
Elle entre *C'est toute la faueur que pretend Polixene:*

TIRIDATE.

Qu'on mette à la seruir, des femmes de la Reine;
Il parle à ses Gardes. *Cet esprit orgueilleux, se vaincra par douceur,*
Et n'importe comment i'en sois le Possesseur.

Fin du troisiesme Acte.

ACTE IV.

EVPHORBE, PHRAARTE, TIRIDATE, PHARNABASE, ORMENE, POLIXENE, OROSMANE, CASSANDRE, TIGRANE, Troupe de GARDES.

SCENE PREMIERE.

EVPHORBE, PHRAARTE.

EVPHORBE.

QVELQVE extréme que soit le mal qui le possede,
Si vous nous assistez, il n'est pas sans remede:
Pour mettre à la raison cet esprit violent,
Le Prince de Frigie auec vn camp vollant,

Il est vestu en païsan auec vn panier plein de fruicts qu'il feint de venir vendre au camp.

Ne marchant que de nuit à la faueur des ombres,
Et ſous l'obſcurité des foreſts les plus ſombres,
Par vne diligence eſgale à ſon ſoucy,
Sans eſtre deſcouuert, s'eſt rendu pres d'icy:
Or comme il connoit bien que voſtre ame eſt trop haute,
Pour approuuer iamais vne pareille faute,
Sçachant que la iuſtice eſt iointe à ſon courroux,
Il a voulu, Seigneur, me deſpeſcher vers vous.
Il vous eſt obligé d'vn aduis ſalutaire,
Que ſa diſcretion ſçaura touſiours bien taire.
Et qu'il reconnoiſtra, vous deuez l'eſperer;
Puis qu'il m'a commandé de vous en aſſurer.
Ce Prince ne vient point pour oprimer le voſtre;
Sa vertu ſeulement, hait le crime d'vn autre,
Tout l'Vniuers connoiſt qu'il n'eſt pas l'agreſſeur;
Et qu'il n'a d'intereſt que celuy de ſa ſœur.
Ainſi voſtre grand cœur ſauuant cette Prouince,
Peut ioindre ſon pouuoir à celuy de ce Prince:
Ainſi voſtre credit peut ſauuer auiourd'huy
L'honneur de voſtre Maiſtre, en vous ioignant à luy.
C'eſt par moy que le mien vous ouure ſa penſée;
Sous ce ruſtique habit voſtre garde aduancée,
M'a permis de paſſer (ſon œil eſtant deceu)
Voila de point en point, l'ordre que i'ay receu.
Apres ce que i'ay dit, c'eſt à vous à me dire,
Si la choſe eſt conduite au point qu'on la deſire;

Ce

Ce dessein important ne peut estre remis ;
Il le faut acheuer, & vous l'auez promis.

PHRAARTE.

Le Ciel me soit tesmoin, que mon ame hardie
Ne commettroit iamais aucune perfidie,
Et qu'en l'intelligence, ou i'engage ma foy,
Ie tasche de sauuer la gloire de mon Roy.
Retournez promptement, dittes à vostre Maistre,
Qu'il se mette en bataille, & se face paroistre ;
Et que sans plus tarder il marche au mesme instant,
L'enseigne desployée, & le tambour batant.
Qu'vn Heraut le deuance, auec vn Manifeste
De ses intentions, & ie feray le reste.
Qu'il marche seulement i'iray le receuoir ;
Ie connois nos soldats, & ie sçay mon pouuoir ;
I'ay des-ja preparé l'esprit des Capitaines ;
En vn mot, dans le camp mes loix sont souueraines.

EVPHORBE.

I'y volle donc ; Il s'en va.

PHRAARTE.

Allez ! ô Dieux iustes & saincts,
Donnez-moy le succez esgal à mes desseins ;
Faites que le pouuoir que i'ay dans nostre Armée,
Face bien reüssir l'entreprise formée.

Et que tous nos soldats veüillent ainsi que moy,
S'opposer mesme au Roy pour la gloire du Roy.
Mais ie le voy venir, fuyons de sa presence;
Cet important dessein veut de la diligence;
Il n'est point de moments qui ne soient precieux;
Allons, remettons-nous entre les mains des Dieux.

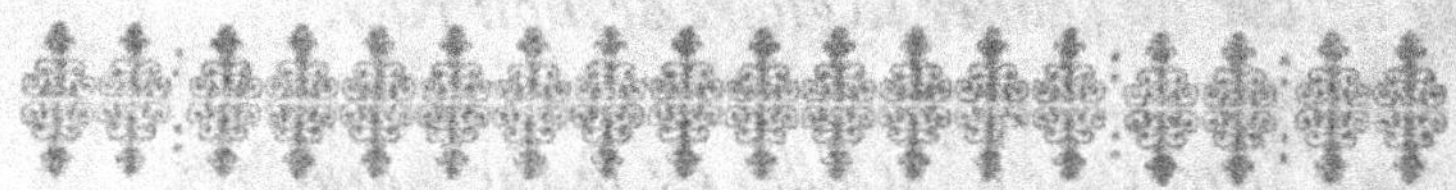

SCENE DEVXIESME.

TIRIDATE.

STANCES.

RAison, dont la voix importune,
Veut s'opposer à ma fortune,
Cesse d'affliger mes esprits :
En vain par tes discours, tu parois si subtile;
Ie ne t'escoute plus, ta peine est inutile;
Raison, le conseil en est pris.

Ne dis plus qu'en cette aduanture,
Mon cœur offence la Nature,

Et qu'il a d'iniustes desirs,
Fascheuse conseillere, il ne te sçauroit croire,
Et son ambition a trop cherché la Gloire,
Il est temps qu'il songe aux plaisirs.

Quelque frayeur que ta voix donne,
Celuy qui porte vne Couronne,
Est trop haut pour en estre atteint.
Il dort parmy l'orage ainsi qu'en la bonace;
Et de quelque danger que le sort le menace,
Il n'est pas Monarque s'il craint.

Les Roys sont au dessus des crimes,
Toutes choses sont legitimes,
Pour les Princes qui peuuent tout,
Et quelque auersion qu'ait la personne aimée,
Il y va de leur gloire & de leur renommée,
Si leur pouuoir n'en vient à bout.

Ainsi conseiller indiscrette,
Mauuaise & fascheuse interprette,
Ne me viens plus tant discourir:
Mon cœur ne despend plus de ton humeur sauuage;
Et des-ja mon Nauire est si loing du riuage,
Qu'il faut acheuer, ou mourir.

Cette illustre & belle conqueste,
Promet vn laurier à ma teste,

Qui sera sans comparaison:
Et si ie puis gaigner le cœur de Polixene,
La fortune autrefois auec bien plus de peine,
Ne donna pas tant à Iason.

Mais soit que le destin propice,
Luy face accepter mon seruice,
Ou soit qu'elle ait trop de rigueur:
Possedons seulement cet objet plein de Gloire,
Et pour accompagner la premiere Victoire,
Nous gaignerons apres son cœur.

C'est en vain que ie prie, en vain que ie souspire;
Tout ainsi qu'en la guerre en l'amoureux Empire,
Le butin se doit prendre, & non pas demander,
Et dans l'vn, & dans l'autre il faut tout hasarder.
Qu'elle soit à son gré pitoyable ou rebelle;
D'vn fort bien deffendu la prise en est plus belle;
Tousiours les plus hardis sont veus les plus heureux;
Plus on est violent, plus on est amoureux;
Par la difficulté nostre ame est amorcée;
Et tousiours la pudeur se plaist d'estre forcée.
Les contraires souuent sont veus en mesme iour;
Telle pleure d'ennuy, qui pleurera d'amour;
Et telle nous mal-traicte, & telle nous refuse,
Qui pour nous contenter ne cherche qu'vne excuse;

Son cœur paroist de glace, estant souuent bruslé;
Et l'esprit d'vne femme est bien dissimulé.
Ainsi, quoy qu'il en soit, vne douce contrainte,
Establit mes plaisirs, & dissipe ma crainte;
On n'est plus en estat de me rien refuser;
Et pour estre content il ne me faut qu'oser,
Osons donc.

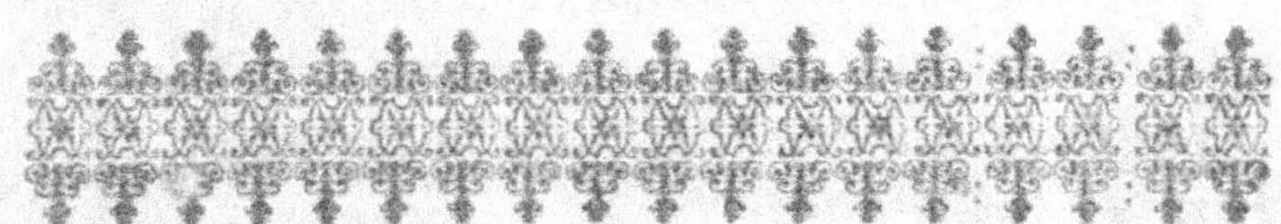

SCENE TROISIESME.

PHARNABASE, TIRIDATE.

PHARNABASE.

DAns le camp s'esleue vn grand murmure, Il accourt.
Qui tout confus qu'il est m'est de mauuais augure;
Chacun paroist esmeu, chacun y parle bas;
Et tous ont vn secret que ie ne comprends pas.
Chacun sort, chacun marche, ou plustost chacun volle;
D'vn pauillon à l'autre on passe la parole;

Enfin tout vostre camp est en confusion;
Et ie crains la reuolte en cette occasion.
Que vostre Majesté iuge dans cette affaire,
Et ce que ce peut estre, & ce qu'elle doit faire.

TIRIDATE.

Ta foiblesse, resueur, est sans comparaisons,
Vne terreur panique, a troublé ta raison:
Qui veux-tu qui s'oppose à ma bonne fortune?
Toutesfois pour calmer cette rumeur commune,
Porte l'ordre à Phraarte, & mes commandemens;
Qu'il tire tout mon camp de nos retranchemens;
Qu'il le mette en Bataille afin que ie m'y rende:
I'iray voir ce que c'est, fais ce que ie commande.
Mais toy-mesme, mon cœur, esuite vn œil jaloux,
Qui suit vn œil diuin, qui s'approche de nous;
Esuite une fascheuse auecques Polixene:
Quitte vn objet d'Amour pour vn objet de haine.

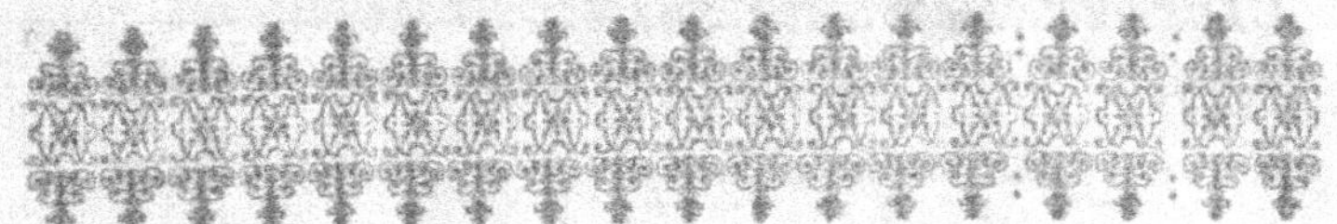

SCENE QVATRIESME.

ORMENE, POLIXENE, OROSMANE.

ORMENE.

IE sçay bien que l'espoir nous quitte le dernier;
Mais vous voyant captiue, & le Roy prisonnier,
Ma sœur, ie ne voy rien qui ne nous soit contraire:
Tant de gens vont chercher vostre Espoux, & mon frere,
Qu'on le peut descouurir en quelque lieu qu'il soit;
Et ie le tiens perdu, si quelqu'vn l'apperçoit.
Ainsi pour les sauuer, & vous sauuer vous-mesme,
Cedez, ma sœur, cedez au vainqueur qui vous aime:
Il a raison de suiure vn objet si charmant;
Ouy, dans son inconstance, on void son iugement;

Et de quelque douleur que ie me trouue atteinte,
Vos yeux font son excuse & condamnent ma plainte,
Ie vois esgallement la cause de mes maux,
Et dans vostre merite, & dans tous mes deffauts:
Aussi me void-on perdre vne amitié si chere,
Non pas sans desplaisir, mais au moins sans colere:
Ie reçoy ma disgrace auec submission,
Et mon respect s'oppose à mon affliction.
La Loy de nos pays luy permet ce diuorce:
Et que ne peuuent point les armes & la force?
Ainsi donc sagement sauuez de son courroux,
Et mon Pere, & Tigrane; en vn mot, sauuez-vous.
Pour moy que le destin fit naistre infortunée,
Voyant qu'il a coupé le sainct nœu d'Hymenée,
Voyant qu'il a rompu le fil de nos amours,
Ie veux trancer encor la trame de mes iours;
Ie veux par mon trespas assouuir la fortune:
Il a cessé d'aymer cessons d'estre importune;
Ouy, mon cœur, sans te perdre en regrets superflus,
Souuiens-toy pour mourir qu'on ne nous ayme plus.

POLIXENE.

Quoy, Madame, est-il vray que vous teniez mon ame,
Capable de brusler d'vne illicite flame?
L'auez-vous remarqué dans mes deportemens?
Et faites-vous de moy ces mauuais iugemens?

Quel

Quel conseil donnez-vous a mon ame affligée?
Et pour quelle raison m'auez-vous outragée?
Ce sang qui coule encor ne vous fait-il point voir,
Si i'estime la vie à l'esgal du deuoir?
Vous me voyez en pleurs, vous me voyez blessée,
Et vous pouuez former cette iniuste pensée!
L'honneur & la vertu m'ont fait chercher la mort,
Et vous doutez encor si mon esprit est fort!
I'ay mesprisé les vœux, i'ay mesprisé la pleinte,
Et l'Amour n'auroit peu ce que pourroit la crainte!
Dans ces diuersitez i'abhorre esgallement,
Tiridate cruel & Tiridate Amant;
Son respect, sa fureur, sa plainte, ou sa menace,
Ses pleurs, ou son reproche, ou sa haine, ou sa grace,
Tout cela ne peut rien contre vn cœur animé,
Qui le hait d'autant plus qu'il s'en connoist aimé.
Tigrane, en quelque lieu que le sort te retienne,
Sçache que ma constance est esgalle a la tienne;
Ta pitoyable main n'a pû m'oster le iour,
Mais en me le laissant tu m'as laissé l'Amour:
Viens d'vn courage ardent & d'vne main hardie,
En conseruant ton bien punir la perfidie;
Viens genereux Lyon deschirer à mes yeux,
Vn monstre abominable autant que furieux.
Soule, soule auiourd'huy ta colere equitable,
De l'infidelle sang d'vn Prince detestable;
Ou si le sort cruel choque encor ton dessein,
Vne seconde fois viens moy percer le sein.

ORMENE.

Dieux, ſauuez-les tous trois ſans perdre Tiridate!

POLIXENE.

O peu ſenſible ſœur!

OROSMANE.

O fille trop ingratte!

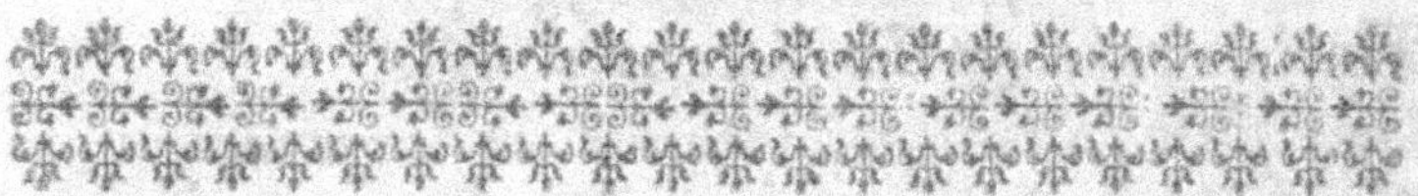

SCENE CINQVIESME.

CASSANDRE, OROSMANE, POLIXENE, ORMENE.

CASSANDRE.

Caſſandre dit ce vers à l'oreille de la Reine.

Qve voſtre Majeſté ſe dérobe vn moment,

Elle s'en va apres vne grande reuerence.

OROSMANE.

Va femme ſans courage & ſans reſſentiment,

Va te charger encor de la haine publique.
Mais vous qu'vn noble feu, qu'vne ardeur heroi-
que,
Esleue au plus haut poinct où monte la vertu,
Esperez le Triomphe ayant bien combatu:
Quelques maux infinis que le destin m'enuoye,
Cette force d'esprit me donne de la ioye,
Et me faict esperer que nous vaincrons enfin,
La rigueur du Tiran & celle du destin.

POLIXENE.

Gardons la liberté que ce cruel nous donne
De parler sans nous voir escoutez de personne,
Conseruons la Seigneur auec discretion,
Comme le seul remede à nostre affliction.

OROSMANE.

Dieux, sauuez Polixene & la rendez heureuse!

POLIXENE.

Elle viura contente, ou mourra genereuse:
Mais la Reine reuient ne la raprochons plus;
Les plus iustes propos sont propos superflus,
Au poinct où ie connoy que son ame est bles-
sée;
Et ie n'ay que trop veu le fonds de sa pensée.

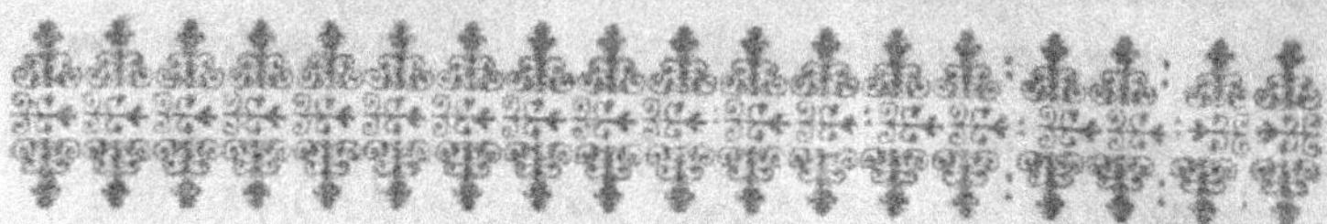

SCENE SIXIESME.

TIGRANE, ORMENE.

TIGRANE.

Vous ne tesmoignez point vne forte amitié,
Ny par vostre frayeur, ny par vostre pitié,
Madame, vous sçauez quand vn mal est extréme
Qu'on luy doit opposer vn remede de mesme,
Et le nostre est si grand, que le fer & le feu,
Pour nous en garantir sont encore trop peu.
L'Estat est enuahy, mon Pere en seruitude,
Vostre Zelle amoureux payé d'ingratitude,
Et vous dormez encor preste de succomber,
Au bord du precipice où vous allez tomber!
Dieux que fait ce grand cœur, vous voyant mesprisée?
Tournez, tournez les yeux vers la ville embrasée,

Cherchez ce grand Palais qui vous estoit si cher,
Le voyez-vous, Madame, ou plustost vn bucher.
Peignez-vous dans l'esprit des Meres desolees;
Des enfans esgorgez, des filles violees;
De la flame, du sang, des temples prophanez;
Des femmes sans honneur, des hommes enchaînez,
Des ramparts démolis : & la richesse encore,
Que le soldat emporte ou que le feu deuore;
Du bruit, des pleurs, des cris, des charbons & du fer;
Vn desordre effroyable, vn tableau de l'enfer;
Imprimez ces obiets en vostre fantaisie;
Et puis figurez-vous que telle est Amasie.
Telle est cette Cité que l'on vid autrefois,
La merueille du monde & le sejour des Roys.
Apres cela, Madame, il me reste à vous dire,
Ce que la raison veut & ce que ie desire:
Mais sans nous amuser en discours superflus,
Vostre cœur doit m'entendre, ou vous n'en auez plus.

ORMENE.

Parmy l'excez des maux que ie porte dans l'ame,
Ie voudrois que mon sang esteignist cette flame,
Et que pour vous tirer du trouble où ie vous voy,
La colere des Dieux ne tombât que sur moy.
Certes mon interest ne fait pas ma misere;
Ie souffre pour ma sœur, ie souffre pour mon pere;

Et le plus dur trespas me sembleroit bien doux,
Si ie le receuois, & pour eux & pour vous.
Mais que pourrois-ie faire en l'estat où nous sommes?
Ha! nostre guarison ne despend point des hommes,
Il faut vn coup du Ciel pour nous en garantir.

TIGRANE.

Non, non, c'est de ma main que ce coup doit partir:
Mais c'est à vous à faire vn acte plein de gloire,
Dont les siecles futurs garderont la memoire;
Et qui fera benir à la posterité,
Et vostre grand courage & vostre pieté.
Ie vous coniure donc (vous seule en qui i'espere)
Par l'amour du pays & par celle d'vn pere;
Par vostre propre gloire & par mon interest,
D'embrasser ma querelle equitable qu'elle est.

ORMENE.

Ie ne vous entends point :

TIGRANE.

Secondez mon attente;
Et malgré ce Tiran qui fait garder sa Tente,
Donnez moy le moyen de m'aprocher de luy,
C'est tout ce que mon bras vous demande auiourd'huy.

ORMENE.

O Dieux!

TIGRANE.

Apres cela, si ie ne vous deliure,
Qu'on me face mourir comme indigne de viure.

ORMENE.

Saisi d'estonnement, de tristesse & d'horreur,
Mon esprit m'abandonne, & fuit vostre fureur.
Ha! ne m'inspirez point cette damnable enuie,
Si le Roy Monseigneur s'attaque à vostre vie,
Ie veux mourir pour vous, c'est mon plus grand soucy;
Mais si vous l'attaquez ie veux mourir aussi.
Entre ces deux deuoirs mon ame balancée,
Ne peut iamais auoir vne iniuste pensée;
Et de quelques propos qu'on tasche à m'animer,
Je vous dois secourir, mais ie le dois aimer.

TIGRANE.

Quoy, vous deuez aimer vn Tiran, vn pariure?
Qui choque esgallement l'Amour & la Nature?
Vn Monstre abominable, vn Tigre sans pitié?
Qui mesprise les Dieux, l'honneur & l'amitié?
Qui destruit cét Estat par vne iniuste haine?
Qui vous retient captiue & mon pere à la chaine?

Qui sur nostre infortune esleue son bon-heur?
Qui veut m'oster le iour, qui veut m'oster l'hon-neur?
Quoy, vous deuez aimer, vn barbare, vn infame?

ORMENE.

Ouy, ie le dois aimer puis que ie suis sa femme.

TIGRANE.

Plustost que de souffrir sa haine & son mespris,
Que ne secondez-vous le dessein que i'ay pris?

ORMENE.

L'honneur me le deffend;

TIGRANE.

L'amitié vous l'ordonne:
Quel reffus on me fait!

ORMENE.

Quel conseil on me donne!

TIGRANE.

Vn conseil genereux:

ORMENE.

Vn conseil criminel;
Qui noirciroit mon nom d'vn reproche eternel.

TIGRANE

TIGRANE.

Vostre gloire, Madame, est bien plus asseurée,
Estant sœur sans pitié, fille desnaturée,
Et preferant à nous, & preferant à vous,
Vn traistre,

ORMENE.

Mais mon Roy,

TIGRANE.

Mais cruel,

ORMENE.

Mais Espoux.

TIGRANE.

Comment pretendez-vous vaincre sa violence?

ORMENE.

Et par ma passion, & par ma patience;
Et de quelque façon qu'il mal-traitte mon cœur,
Ces armes seulement combatront sa rigueur.

TIGRANE.

Ainsi donc par l'erreur d'vne sœur si changée,
Polixene, ta mort ne sera point vangée?

Et ton sang respandu que ce fer luy fait voir,
Tout chaud qu'il est encor ne pourra l'esmouuoir!
I'auray donc vainement satisfait ton enuie,
En ne te suiuant point en conseruant ma vie!
Et par ces sentimens qu'elle a pour m'affliger,
I'auray vescu pour pleindre, & non pour te vanger!
Que ce Tiran se cache en la nuit la plus sombre,
Et son sang, & le mien appaiseront ton ombre;
Ie te le iure encor, par le sainct nom des Dieux;
I'iray le poignarder, en vos bras, à vos yeux;
Ouy, Madame, ma main ayant commis ce crime,
Doit à ce noble sang l'vne & l'autre victime;
Ouy nous deuons mourir en ce commun malheur,
Luy d'vn fer, vous de honte, & moy seul de douleur.

ORMENE.

I'excuse ce transport par l'erreur qui le cause:
Mais vous ne sçauez pas le succez de la chose;
L'on a pris Polixene:

TIGRANE.

O foible inuention,
Pour arrester ma main, & mon affliction!

ORMENE.

Ie ne vous trompe point, i'exprime ma pensée:

TIGRANE.

Cette main le ſçait trop, elle qui l'ableßée;
Elle encor qui dans l'eau.....

ORMENE.

Non, ſans doute elle vit,
Elle eſt dans noſtre camp;

TIGRANE.

Ce diſcours me rauit! Il paroiſt content.
Tu vis donc Polixene, & le Ciel pitoyable,
A fait en ma faueur vn miracle incroyable!
Polixene tu vis, mon deüil s'éuanoüit:
Mais que mal à propos ſon cœur ſe reſioüit: Il reparoiſt triſte.
Polixene tu vis, mais tu vis pour vn autre;
Nous retrouuons vn bien qui ne peut eſtre noſtre;
Et ie t'aimeray moins (pardonne à ce tranſport)
Dans les bras du Tiran, que de ceux de la mort:
O Ciel, ô Terre, ô Dieux, ma douleur eſt trop forte!
Donnez-la moy viuante, ou rendez-la moy morte:
Me voyant affligé ſi iamais ie le fus,
Faites qu'elle ſoit mienne, ou qu'elle ne ſoit plus.
Ie connois ſon eſprit eſtant chaſte & fidelle,
Il authoriſera ce que ie dis pour elle;

Ouy, sans doute il diroit, s'il entendoit ma voix,
Qu'il est prest à sortir vne seconde fois:
Sa generosité qui n'eut iamais d'exemple;
Ce grand & fort esprit digne d'auoir vn Temple;
Bien loing de condamner vn si cruel dessein,
Baiseroit ce poignard, & m'offriroit son sein.
Mais quoy que ma douleur soit forte & legitime,
Ma main, gardons-nous bien de faire vn nouueau crime;
Qu'elle viue plustost cette aimable beauté;
Qu'elle ait moins de courage, & moy de cruauté;
Ouy, puisque c'est au Ciel que ma perte est escrite:
Puis que pour me l'oster le sort la ressuscite;
Puis que tout m'abandonne en l'estat où ie suis;
Puis qu'vne ingrate sœur se rit de mes ennuis;
Puis qu'elle veut mon sang, puis qu'elle le demande;
Mourons; mais iustes Dieux, ie vous la recommande.

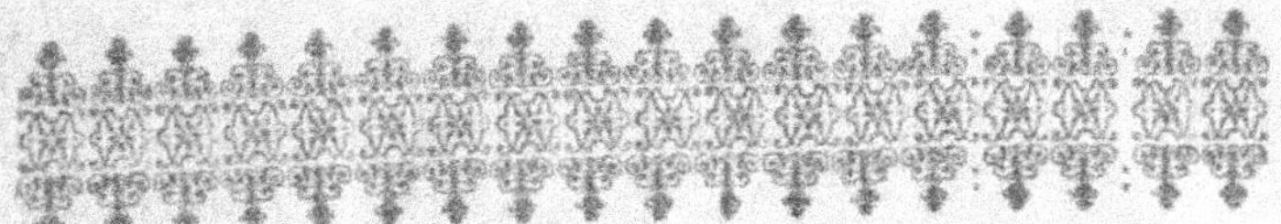

SCENE SEPTIESME.

TIRIDATE, Troupe de GARDES, ORMENE, TIGRANE.

TIRIDATE.

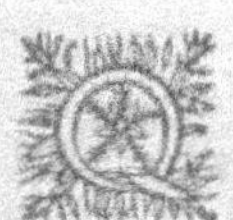

Voy, iusques dans mon camp le perfide est venu?

VN GARDE.

Seigneur, n'en doutez point, ie l'ay bien reconnu;
Et si ie ne me trompe, il est auec la Reine.

TIRIDATE.

Gardes aduancez-vous, Pharnace qu'on les prenne:
Ce secret entretien preuue leur trahison;
Mais le fer & le feu m'en feront la raison;
Qu'on ne les quitte pas.

On luy presente les halebardes, on le prend & on luy oste son poignard.

ORMENE.

Quel malheur est le nostre?

TIGRANE.

Lasche, apprens que mon cœur ne craind ny l'vn ny l'autre;
Et que si le destin n'eust rompu mon dessein,
Ie venois te cacher ce poignard dans le sein.

TIRIDATE.

On les oste de là. *Ie ris de ta colere ainsi que de ses larmes.*
Il parle à vn de ses gardes. *Mais il faut que mon camp demeure sur les armes;*
Va le dire à Phraarte, afin qu'en liberté,
Ie songe à les punir de leur temerité:
Et que le bruit confus des Troupes amassees,
Ne vienne point troubler mes diuerses pensees;
Qu'il tienne tout le iour nos bataillons dressez,
La colere & l'Amour m'importunent assez.

Fin du quatriesme Acte.

ACTE V.

TIGRANE, CASSANDRE, HECVBE, OROSMANE, TIRIDATE, Troupe de GARDES, ORMENE, PHARNABASE, TROILE, PHRAARTE.

SCENE PREMIERE.

TIGRANE.

STANCES.

Il est enchaisné dans vne Tente, & il a des tablettes à la main.

MOnstre sans yeux & sans prudence,
Qui regnes, & qui fais regner:
Toy, qui te plais de tesmoigner
Ton pouuoir, & ton inconstance,
Apres tant de felicité,
Vois où tu m'as precipité!

Fortune tu tiens les Couronnes,
Et par ce double aueuglement,
On connoist que sans iugement
Tu les ostes, & tu les donnes,
Mais ta faueur assiste vn Roy,
Volage & meschant comme toy.

Aussi quand tu fus obligeante,
Ou quand i'ay souffert tes mespris,
Ta main ne m'a iamais surpris;
Qui dit fortune, dit changeante;
Et i'estois tousiours preparé
A perdre vn bien mal asseuré.

Vange tes faueurs mesprisees,
Que i'auois, & que ie n'ay plus;
Marche sur des Sceptres rompus;
Foule des Couronnes brisees;
Ie les attendois sans desir,
Et ie les perds sans desplaisir.

Mais apres que ta violence,
A repris ce qui vient de toy,
Laisse mourir Tigrane en Roy;
Ta fureur a trop d'insolence:
Le Trosne est vn objet plus beau,
Ne regne point sur mon tombeau.

C'est

C'est toute la faueur que mon cœur te demande;
Vn indigne trespas est ce que i'aprehende:
Et pourueu que mon bras soit maistre de mon sort,
D'vn visage asseuré, ie receuray la mort.
Pourueu que ce Tiran, ce Monstre plein de vice,
Ne me choisisse point le genre du supplice;
Pourueu que cette mort qui me doit secourir,
Ne vienne pas de luy, ie suis prest à mourir.
Cassandre si ton cœur est touché de ma peine,
De grace, en ma faueur, va trouuer Polixene;
Porte-luy cet escrit, mais va donc, sorts d'icy;
I'attendray sa responce auec bien du soucy:
Despesche, & si tu peux trompe l'œil & la haine,
De ces gardes qui sont dans la Tente prochaine:
Tu m'obligeras plus (pouuant l'executer)
Que si tu me rendois ce qu'on vient de m'oster.

Elle entre dans la Tente.

Il luy baille les tablettes.

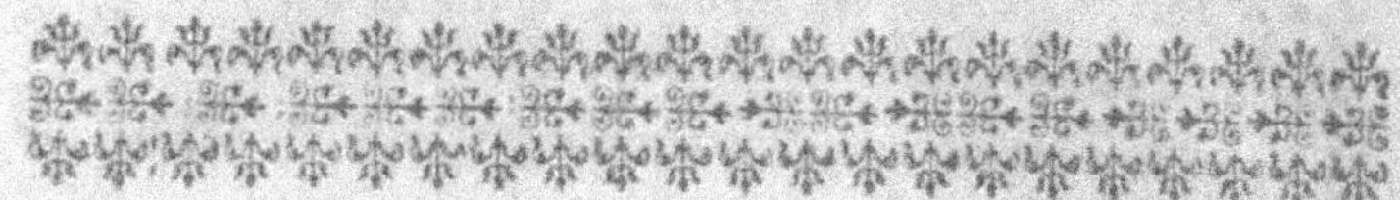

SCENE DEVXIESME.

CASSANDRE, TIGRANE.

CASSANDRE.

SEigneur, assurez-vous qu'au peril de ma vie,
Ie m'en vay de ce pas contenter vostre envie.

TIGRANE.

Puis qu'vn Prince affligé ne peut rien desormais,
Les Dieux reconnoistront le bien que tu me fais.
Ie les voy; mais pourtant ma fidelle Cassandre
Ne va pas droict vers eux, on te pourroit surprendre;
Sors par l'autre costé, feins de les rencontrer;
Mais à ton bel esprit, on ne peut rien monstrer.

SCENE TROISIESME.

POLIXENE, OROSMANE.

POLIXENE.

SEigneur, c'est en ce iour que la fureur celeste
Destruit auec l'Estat tout l'espoir qui nous reste,
Et que Tigrane pris qui m'oblige à pleurer,
Deffend à ma raison de plus rien esperer.
Le Ciel veut nostre perte, il nous y faut resoudre:
Sa derniere colere, ou sa derniere foudre,
Esclatte horriblement, enfin tombe sur nous,
Et perd la Capadoce en perdant mon Espoux.
Tant que Tigrane libre, eust vescu sans contrainte,
Vn espoir raisonnable eust balancé ma crainte;
I'attendois tout de luy, mais helas! desormais
Vostre Trosne en sa cheute est tombé pour iamais.

Celuy dont la valeur estoit incomparable;
Celuy qui soustenoit nostre sort deplorable,
Celuy que vous aimiez, celuy qui vous aymoit;
Celuy que ie charmois, celuy qui me charmoit;
Celuy dont la vertu s'esgaloit au courage;
Va souler d'vn Tiran l'iniustice & la rage;
Et son illustre main dans les fers d'vn meschant,
Ne vous soustiendra point en vostre âge panchant.
Ha! Seigneur, ma constance enfin est abatuë!
Le coup qui perd Tigrane est celuy qui me tuë;
Le mal qu'il va souffrir est le seul que ie sens,
Et i'accuse le sort qui nuit aux innocens.
O sort iniurieux, vois comme tu disposes,
Et des euenemens, & de l'ordre des choses!
Grands Dieux, pardonnez-moy si i'ose murmurer,
Mais ce mal est trop fort, qui pourroit l'endurer?

OROSMANE.

Le sort le plus cruel peut deuenir propice,
Il a sauué des gens au bord du precipice;
Et dans vn grand naufrage, on voit venir au port,
Des cœurs qui sçauent vaincre, & la mer & la mort.
Mais quand nostre vaisseau periroit dans l'orage,
Manquons d'heur, Polixene, & non pas de courage:
Qui souffre constamment vn destin rigoureux,
Fait voir qu'il meritoit d'estre moins malheureux;
La Gloire d'vn combat consiste à se deffendre,
Non à l'euenement: mais que nous veut Cassandre?

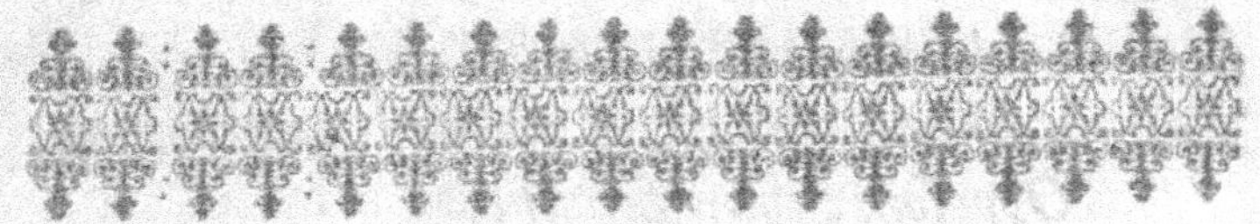

SCENE QVATRIESME.

CASSANDRE, POLIXENE, OROSMANE.

CASSANDRE.

E Prince vostre Espoux m'a donné cet escrit:

POLIXENE.

Prepare-toy mon cœur, arme-toy mon esprit. Elle ouure les tablettes.

LETTRE DE TIGRANE A POLIXENE.

Si ma sœur m'eust aimé, comme elle aime vn perfide,
Et qu'elle eust secondé mon dessein genereux,
I'aurois perdu nostre homicide,
Mais elle est trop fidelle, & moy trop mal-heureux.

Seul objet de mon cœur, aimable Polixene,
Puis qu'on void que le Ciel augmente son couroux,
Opposons enfin à sa haine,
Vn remede assuré qui despende de nous.

Pour te sauuer l'honneur ma main te fut cruelle;
Pour me sauuer l'honneur, & rompre ma prison;
Par vne grace mutuelle,
Que la tienne auiourd'huy me donne du poison.

Preste moy ton secours pour terminer mes peines;
Trouue moy ce poison qui me deliurera;
Si ie n'estois chargé de chaines,
I'irois baiser la main qui me le donnera.

TIGRANE.

Triste, desesperée, interdite, & confuse,
Honneur, tu veux vn don que l'Amour te refuse:
La mort, quelque conseil que tu puisses m'offrir,
Est plus dure à donner qu'elle n'est a souffrir:
Et de tous les grands maux, hõneur, le mal extréme,
Est d'en faire endurer à l'objet que l'on aime.
Tigrane, cher Espoux, ie connois en effect,
Par le mal que ie sens, celuy que ie t'ay faict,
Lors que ma volonté qui regne sur la tienne,
Forçat a main au coup que tu veux de la mienne.

Mais bien qu'aprés vn coup qui m'obligea si fort,
Mon cœur paroisse ingrat en refusant ta mort,
S'il est vray, cher Espoux, que ce refus te blesse,
En faueur de l'Amour pardonne a ma foiblesse;
Tu fis voir ton ardeur en vn don si plaisant;
Et ie fais voir la mienne en te le refusant.

OROSMANE.

Non, non, la raison veut qu'on suiue son enuie:
Ie conclus à sa mort, moy dont il tient la vie;
Et malgré le discours que ie viens de tenir,
Ie voy bien qu'il est temps de songer à finir.
Ne nous opposons plus aux fieres destinées;
Acheuons ses malheurs auecques ses annees,
Et puis qu'aucun secours ne peut nous arriuer,
Ne luy refusons pas ce qui le peut sauuer.

POLIXENE.

Helas! tout m'abandonne en si triste aduanture!

OROSMANE.

Vostre amour y resiste aussi fait la Nature;
Ie suis Pere, ce mot dit assez ma douleur,
Mais que pouuons-nous faire en vn si grand malheur?

POLIXENE.

Quoy donc, pour bien aimer il faut estre inhumaine!
Et monstrer son amour par vn effect de haine!
O pitoyable estat, où le sort me reduit!
Raison, retirez-vous vostre conseil me nuit;
Ie ne puis me resoudre a cet acte Tragique;
Et de quelque vertu que mon esprit se pique;
Et bien qu'il soit luy-mesme en estat de partir,
Je sens bien que mon cœur n'y sçauroit consentir.

OROSMANE.

Tant de difficultez ne me contentent gueres:
Ie souffre la foiblesse ez des armes vulgaires,
Mais aux cœurs esleuez ce defaut me desplaist,
Tigrane estant mon fils, songez à ce qu'il est,
Et faisons que sa mort au moins puisse paroistre
Digne de la grandeur où ie l'auois fait naistre.

POLIXENE.

Mais quand i'escouterois cette fiere raison,
En l'estat où ie suis, ou prendre du Poison?

OROSMANE.

Quand à ce dernier poinct, aymable Polixene,
Il nous est bien aisé, n'en soyez pas en peine;
Les Roys de Capadoce, ainsi que ceux de Pont,
Dés l'instant qu'on leur met le Diadesme au front,

En ont tousiours sur eux pour abreger leur vie,
S'il arriue iamais qu'il leur en prenne enuie:
Et dix siecles entiers ont leur cours acheué,
Depuis que parmy nous cet ordre est obserué.
Dessous ces Diamants voicy nostre remede;
Voicy dans nos malheurs ce qui s'offre à nostre aide;
Voicy ce que mon fils vous demande auiourd'huy; Il luy monstre des bagues qu'il a.
Nous en auons assez, & pour nous & pour luy:
Donnez luy cette bague, & ie garderay l'autre;
Ma main vous fait ce don, il le veut de la vostre;
Ne luy refusez point ce present amoureux; Il luy baille vne bague.
Pour ne l'estimer pas il est trop genereux.

POLIXENE.

Tu vois Cassandre enfin ce que le Roy commande; Elle luy baille la bague.
Prends ce funeste don que Tigrane demande;
Et comme mon destin despend tousiours du sien,
Porte dans cet anneau son trespas & le mien.
Dis luy que ma douleur n'eut iamais de semblable;
Et qu'estant infinie elle est inconsolable;
Que i'ay des sentimens qu'on ne peut exprimer;
Que pour viure apres luy ie sçay trop bien aimer;
Que iamais nul ardeur n'aprocha de ma flame;
Qu'il emporte mon cœur, qu'il emporte mon ame;
Et que si ie respire encor quelque moment,
C'est pour aller mourir pres de luy seulement.
Dis luy que mon amour est d'immortelle essence;
Dis luy que les Tirans manqueront de puissance,

Qu'on verra Polixene en ce malheureux iour,
Mespriser leur colere ainsi que leur amour.
Dis luy Cassandre enfin, que mon cœur te coniure,
Par ses feux innocens, par ma flame si pure,
Et monstrer sa vertu, de signaller sa foy;
De mourir noblement, & de penser à moy.

OROSMANE.

Il luy baille des tablettes ou il vient d'escrire.

Porte luy cét escrit.

POLIXENE.

Si la pitié te touche,
Dis luy que la douleur m'ouure & ferme la bouche;
Qu'elle me fait parler, & me fait taire aussi,
Ie n'en puis plus:

OROSMANE.

Cassandre, esloigne toy d'icy.

CASSANDRE.

O Dieux tout est perdu, le Roy nous vient surprendre.

SCENE CINQVIESME.

TIRIDATE, CASSANDRE, Troupe de GARDES.

TIRIDATE.

Ve voulez vous cacher? monstrez le moy Cassandre,

CASSANDRE.

Seigneur,

TIRIDATE.

Je veux le voir, vous resistez en vain.

CASSANDRE.

Ie demande pardon.

TIRIDATE.

Ouurez, ouurez la main.

LETTRE D'OROSMANE A TIGRANE.

Il lit dans les tablettes.

Esperer qu'vn Tiran puisse adoucir sa haine,
Ce seroit manquer de raison:
Mais pour nous tirer tous de peine,
Nous ne manquons pas de poison.

OROSMANE.

Traistres, que i'ay vaincus au milieu des alarmes,
Vostre fraude pretend ce que n'ont pû vos armes;
Le Demon qui vous guide a conspiré ma mort,
Mais celuy qui me garde est plus grand & plus fort.
En vain par le poison vous attaquez ma vie;
La fortune s'oppose à cette iniuste enuie;
Elle vous a trahis afin de me sauuer;
Elle a bien commencé, c'est à moy d'acheuer;
Ouy, ie me vangeray de vos proiets infames:
Et toy cœur sans pitié qui mesprises mes flames;
Lasche Monstre d'orgueil & de desloyauté;
Ne pense plus me vaincre auecque ta beauté;
Non, non, ie n'ay plus d'yeux, ie ne voy plus tes charmes;
Ie suis sourd pour tes cris, aueugle pour tes larmes;

I'auois pris ton venin, mais dans ta trahiſon
Tu viens de me guarir par vn autre poiſon:
Mon cœur enfin vomit ce qui cauſoit ſa peine,
L'extréme amour ſe change en vne extréme haine;
D'vn œil imperieux le regne va finir;
Ie ſçauois l'adorer; ie ſçauray le punir;
Mon cœur qui le connoiſt ſe va faire connoiſtre;
Il a trop fait l'eſclaue, il doit faire le Maiſtre,
Monſtre moy tes appas, fais ton dernier effort,
C'eſt en vain, ma colere a reſolu ta mort:
Qu'on les face venir, la vangeance eſt aisée.
Sentimens genereux d'vne ame meſprisée,
Venez, vous oppoſer à l'aſpect dangereux
Du parricide obiet qui me fit amoureux:
Les voicy, ma fureur, monſtre toy toute entiere,
Tu n'en auras iamais de ſi belle matiere.

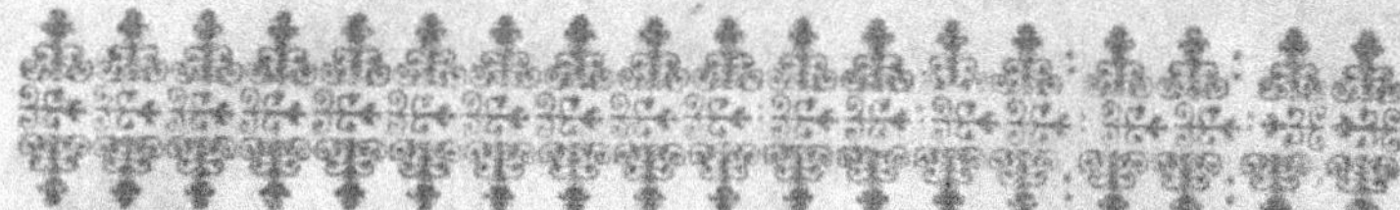

SCENE SIXIESME.

TIRIDATE, TIGRANE, OROSMANE, POLIXENE, ORMENE, CASSANDRE, HECVBE, Troupe de GARDES.

TIRIDATE.

N'Est-ce pas toy meschant, lasche, autant que rusé,
Qui iusques dans mon Camp en habit deguisé,
Perfide empoisonneur, par tes sourdes pratiques,
Viens fomenter encor nos troubles domestiques?
Peux tu me regarder? peux tu leuer les yeux?
Et ne rougis tu point de ton crime odieux?
Iuge par ce poison quel sera ton suplice:
Tu connois ma valeur, tu verras ma iustice;
Et formant vn dessein que rien ne peut changer,
Tout l'Vniuers sçaura que ie me sçay vanger.

Et toy fiere beauté, Tigresse impitoyable,
Ton crime, bien que vray me paroist incroyable;
Tu veux faire mourir vn cœur qui t'adoroit,
Et qui brusloit d'amour quand le tien conspiroit,
Le funeste dessein d'attenter à ma vie:
Dieux! qui peut te porter à cette iniuste enuie:
Ma main t'offroit vn Sceptre auec peu de raison,
Quand la tienne pour moy preparoit du poison.
Mais sçaches que mon mal n'est pas sans allegeance;
Ie veux te posseder sans amour par vangeance,
Et quand la force aura contenté mes esprits,
Ie veux que tu me sois vn obiet de mespris;
Je veux t'abandonner auec ignominie;
Lors ie seray vangé, lors tu seras punie.
Vous grand homme de guerre & grand homme d'Estat,
Qui prestiez vos conseils à ce noir attentat,
Vous qui venez d'escrire vn billet d'importance,
Sçachez que vostre main a signé sa sentence;
L'Arrest de vostre mort est prononcé par vous.
Toy femme sans honneur, de qui l'esprit jalous,
A suiuy les desseins d'vn infidelle frere,
I'ay resolu ta mort, rien ne m'en peut distraire;
Ie vous ay pris ensemble, ensemble il faut mourir;
Et l'Vniuers armé ne peut vous secourir.
Et vous de leurs secrets fidelle Messagere,
Quelle peine pour vous ne sera trop legere?

On vous doit recompense, & vous l'aurez icy;
Vous portez le poison, vous le prendrez aussi.

TIGRANE.

Ie ne te responds point, pour conseruer ma vie,
Les maux que i'ay soufferts m'en ont osté l'enuie;
Mais ie veux seulement te laisser des remords,
Qui tant que tu viuras, te donnent mille morts,
Et par le souuenir, & par la connoissance,
Et de tes cruautez, & de mon innocence.
Sçache, quand au poison, barbare, homme sans foy,
Que tu le meritois, mais qu'il estoit pour moy:
I'en faisois mon secours, i'en faisois mon suplice;
Et ie laissois aux Dieux à punir ta malice.
Puis que tu sçais, cruel, que i'auois le dessein
De te venir plonger vn poignard dans le sein,
Ne crois pas que ie mente, en offençant ma gloire:
Non, non, ie ne tiens pas cette action si noire,
Qu'on la doiue nier; au contraire, aujourd'huy,
Ie te dis à toy-mesme, autheur de mon ennuy,
Qu'apres auoir rompu nostre sainte alliance,
Et mal-traicté ma sœur auec tant d'insolence;
Osté le Sceptre au Roy; l'auoir chargé de fers;
Causé dans cét Estat les maux qu'il a soufferts;
Attenté laschement sur l'honneur de ma couche;
Mon courage offencé, dementiroit ma bouche,
Si ie ne publiois, que ie venois icy,
Pour te priuer de vie, en m'ostant de soucy.

Ie te le dis encor, ie venois te poursuiure ;
Ie venois t'empescher de regner, & de viure ;
Irrite ta fureur, fais tes derniers efforts ;
Frape enfin, mon esprit t'abandonne mon corps.
Pour vous qui cherissez celuy qui vous offense, Il parle à Ormene.
Ma bouche entreprendroit icy vostre deffense,
N'estoit que la vertu ne me le permet pas ;
L'estat où vous viuez, vaut moins que le trespas ;
Et la raison enfin, m'auroit esté rauie,
Si ie vous conseruois vne si lasche vie.
Pour vous, ma Polixene, objet de mon amour,
Ie sçay bien que sans moy, vous hairiez le iour,
De sorte fier Tyran, qu'en l'estat où nous sommes,
Tristes, abandonnez, & des Dieux, & des hommes
Tout ce que ma douleur, veut obtenir de toy,
Consiste en ce point seul, laisse viure le Roy.

OROSMANE.

Songe, aimant la vertu, de qui tu l'as receuë ;
Car si ie ne l'auois, tu ne l'aurois pas euë :
N'offence point toy-mesme, & ton Pere & ton Roy,
En le croyant plus foible, & moins ferme que toy.
Non, non, que ce Barbare, acheue son ouurage,
Sa clemence me nuit, & sa pitié m'outrage :
C'est moy que ta colere attaque auec raison ;
C'est de moy seul que vient la lettre, & le poison :
Ouy, ouy, crois si tu veux, qu'on en veut à ta vie.

POLIXENE.

Regardez vous ma gloire auec vn œil d'enuie?
Si ie perds le respect, i'en demande pardon;
Mais Seigneur, vous sçauez que ce funeste doñ,
Fut enuoyé par moy; qui dois estre punie,
Si la iustice regne, auec la Tirannie.
Ouy Monstre, ouy c'est moy, qui veux quitter le iour,
Afin de ne voir plus ton illicite amour:
Tu m'aimes, ie te hay; tu me suy, ie t'abore,
Ie mangerois ton cœur; en veux tu plus encore?

TIRIDATE.

Ha! c'est trop endurer!

ORMENE.

Seigneur apaisez vous;
Elle se met à genoux. *S'il faut vne victime, au feu de ce courroux,*
N'en cherchez point ailleurs, la voicy toute preste:
Sauuez les de la foudre, & frappez en ma teste:
Ce cœur qui vous cherit, sçaura tout endurer,
Ce cœur croiroit faillir, s'il osoit murmurer.

TIRIDATE.

Ton orgueil est bien fort, mais ie le veux abatre:
La foudre égallement tombera sur tous quatre,
Qu'ils meurent:

SCENE SEPTIESME.

PHARNABASE, TIRIDATE, OROSMANE, TIGRANE, POLIXENE, ORMENE, CASSANDRE, HECVBE, Troupe de GARDES.

PHARNABASE.

HA! Seigneur, ie vous l'auois bien dit. Il acourt.
Mais tousiours mes conseils ont eu peu de credit.
Le Prince de Frigie, auecques son armée .....

TIRIDATE.

Et bien?

PHARNABASE.

Suiuant l'ardeur dont elle est animée,
Se fait voir assez pres de nos retranchemens,
Il s'esleue vn grand cry dans tous vos Regimens,

L'Auant-garde s'aduance, & tous la pique basse,
Semblent porter au front, la mort, & la menasse,
On diroit que d'abord, ils s'en vont terrasser
L'ennemy qui s'aproche, & qu'ils vont embrasser.

TIRIDATE.

O Dieux! suis ie surpris par la force des charmes?

PHARNABASE.

Phraarte le premier, ayant mis bas les armes,
Tous ont fait comme luy:

TIRIDATE.

Quoy, le sort l'a permis?

PHARNABASE.

On ne discerne plus, quels sont les ennemis;
Les deux Camps sont meslez, & l'vn & l'autre en-semble,
Pour recueillir le fruict, du nœud qui les assemble,
Viennent fondre sur vous; que vostre Majesté
Iuge ce qu'on peut faire, en cette extremité:

TIRIDATE.

Il veut y courir. *Mourir, mourir au Trosne acquis par mon courage.*

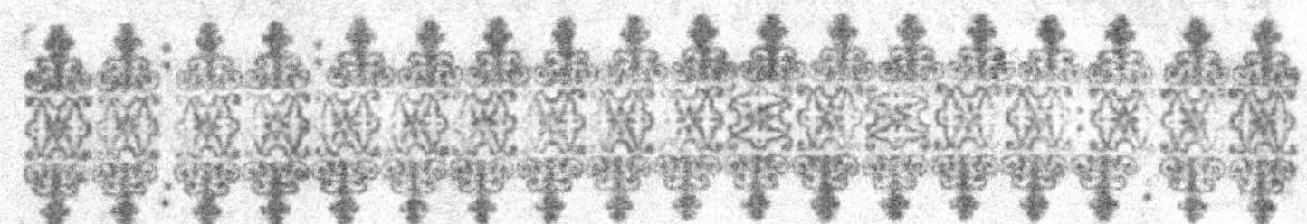

SCENE DERNIERE.

TROILE, TIRIDATE, ORMENE, OROSMANE, TIGRANE, POLIXENE, PHARNABASE, PHRAARTE, CASSANDRE, HECVBE, Troupe de GARDES, Troupe de FRIGIENS.

TROILE.

Emeurez compagnons :

TIRIDATE.

O deſeſpoir ! ô rage !
Infidelles ſuiets, qui ſuiuez ſon deſſein ;
Acheuez, acheuez, ie vous offre mon ſein ;
Venez traiſtres, venez m'arracher la couronne :
Voſtre fraude l'emporte, & ie vous l'abandonne.
Quoy, ie me voy trahy ! quoy, vous m'abandonnez !
Laſches, monſtrez moy l'or qui vous a ſubornez.
O Troupe ſans honneur, dont mon ame eſt trompée,
Que ie meure vangé, qu'on me donne vne eſpée,

Et qu'en mon desespoir, ie vous fasse sentir,
Qu'on ne s'attaque à moy, qu'auec du repentir;
Qu'au milieu des malheurs, ie sçay brauer vn Traistre;
Et perdre des sujets, qui trahissent leur Maistre.
Toy que leur perfidie a rendu mon vainqueur,
Acheue ta conqueste, en m'arrachant le cœur;
Ton Triomphe demande vne Palme si belle;
Et ce fameux combat, rend ta Gloire immortelle;
Tu me prends desarmé, mais non pas sans valeur;
Et leur trahison fait ta Gloire, & mon malheur.

TROILE.

La seule main des Dieux cause vostre disgrace:
Vous en sentez le coup, plustost que la menace;
C'est ainsi que le Ciel accable les peruers,
Pour en faire vn exemple aux yeux de l'Vniuers.
L'interest de ma sœur m'a fait prendre les armes,
Les Dieux ont veu vos faits, les Dieux ont veu ses larmes;
Et sans nous amuser en discours superflus,
Nous auons trop souffert, ce qui ne sera plus.
Il parle à Orosmane. *Il occupoit vn lieu, dont il deuoit descendre;*
Il le deuoit quiter, & vous le deuez prendre:
La Nature l'ordonne, & la raison aussi;
Il leur oste les chaines. *Car enfin nul que vous ne doit regner icy.*

ORMENE.

Seigneur, songez à vous, & témoignez encore, Elle parle à son Pere.
Cette extreme bonté, qui fait qu'on vous adore:
Soyez tousiours vous mesme, & d'vn esprit égal,
Qui ne releue point, ny du bien, ny du mal,
Qui reçoit d'vn mesme œil, les fortunes diuerses,
Regnez dans le bon-heur, comme dans les trauerses.
Mais regnez sur vous mesme, en cette occasion:
Tirez l'ordre Seigneur, de la confusion:
Ma douleur vous en donne vn suiet assez ample,
Et l'on ne faut pas moins, en pechant par exemple.
Non, non, croyez Seigneur, que la faute d'autruy
N'excuse pas vn cœur, qui s'y porte apres luy.
Souuenez-vous Seigneur, que la vangeance est basse;
Que les cœurs genereux inclinent à la grace;
Qu'elle est plus glorieuse, & qu'on s'y doit ranger,
Puis qu'on se vange assez, quand on se peut vanger.
Grace, grace, Seigneur, ma voix vous en coniure:
Ne m'ostez pas la vie, en vangeant vne injure;
Sauuez le Roy, Seigneur, & pensez auiourd'huy,
Que ie suis vostre fille, & que ie suis à luy.
Au pied du mesme Trosne, où l'on m'a condamnée, Elle se met à genoux.
Pour la seconde fois, me voicy prosternée;
Escoutez donc ma voix, qui parle pour le Roy;
On ne peut l'attaquer, sans s'attaquer à moy;
Si l'on punit sa faute, il faut qu'on me punisse;
Si son regne finit, il faut que ie finisse;

Son destin & le mien marchent d'vn mesme pas ;
Bref ses iours sont mes iours, sa mort est mon trespas ;
Sauuez donc ce que i'ayme auec idolatrie,
Ie l'ay prié pour vous, & pour luy ie vous prie,
Il m'auroit escoutée, & vous deuez icy,
Regarder vostre fille, & l'escouter aussi.

TIRIDATE.

Il redit ceçy en luy-mesme.

Si l'on punit sa faute, il faut qu'on me punisse !
Si son regne finit, il faut que ie finisse !
Son destin & le mien, marchent d'vn mesme pas !
Bref ses iours sont mes iours, sa mort est mon tres-pas !
Ha ! c'est trop, ie me rends, la raison me surmonte:
Parmy tant d'ennemis, elle seule me dompte:
On me verroit mourir, ainsi que i'ay vescu,
Si par eux seulement, ie me trouuois vaincu.
Et quelque soit le sort dont la rigueur me blesse,
Mon cœur sçauroit finir, sans aucune foiblesse,
Mais méprisant le Sceptre, & méprisant le iour,
Ie puis ceder sans honte, en cedant à l'amour.
Que le vulgaire parle, à mon desaduantage :
Le Ciel qui voit mes pleurs, voit aussi mon courage,
Il voit mon repentir, il connoist mon ennuy:
Enfin ie n'aime qu'elle, & ie ne crains que luy.
Mais qui pourroit tenir, contre tant de clemence ?
Raison, reuiens à moy, ton regne recommence,

Tiranniques transports, fureur, haine, courroux;
Ie ne vous suiuray plus, allez, retirez vous.
Confus, & repentant de ma faute passée, Il parle à sa femme
Vn rayon de clarté s'esleue en ma pensée;
Le bandeau m'est tombé, i'aperçoy mon erreur;
Mon crime s'offre à moy, i'en frissonne d'horreur;
Ta vertu vainc mon vice, & pour sa tirannie,
Mon ame a commencé d'estre desia punie.
Plus ton affection signalle son pouuoir,
Plus tu parois fidelle, & plus tu me fais voir,
Par vne preuue claire autant qu'elle est insigne,
Qu'vn Barbare Tyran, n'en fut iamais qu'indigne.
Non, non, ne m'aimes plus, l'honneur te le deffend,
Fais donner à ce cœur le trespas qu'il attend;
Vange toy, punis moy de mon ingratitude;
Trouue (si tu le peux) vn suplice assez rude;
Irrite ta colere, afin de me punir;
Vois ce que la raison offre à ton souuenir,
Mon crime, ton amour, ma fureur, ta souffrance:
Vous Princes outragez auec tant d'insolence,
Prestez, prestez la main à son iuste courroux:
N'espargnez point mon sang, vangez-la, vangez vous:
Ie suis vn ennemy, qu'il faut qu'on aprehende;
Ma mort vous peut sauuer, & ie vous la demande.

OROSMANE.

Non, non, ce repentir, nous satisfait assez;
Il efface mon fils, tous vos crimes passez,
Nous voulons partager, l'ennuy qui vous opresse;
Nous vous aimons encor, auec tant de tendresse......

TIRIDATE.

Il interrompt son beau pere. *Quoy, peut-on oublier les fautes que ie fis?*

OROSMANE.

Ouy, vous estes leur frere, & vous estes mon fils:

TIRIDATE.

Mon crime en est plus grand!

OROSMANE.

Mais ce rang nous oblige
A soulager l'excez du mal qui vous afflige;
Ils s'embrassent. *De grace embrassez nous, & faisons desormais,*
Que ce dur souuenir ne reuienne iamais.

TIRIDATE.

O clemence infinie!

OROSMANE.

O ioye incomparable!

TIGRANE.

O plaisir sans égal, pourueu qu'il soit durable!

POLIXENE.

Dieux qu'on vous doit d'encens!

PHARNABASE.

Ha Madame!

ORMENE.

Ha ma sœur!

TROILE.

Ne laissons rien d'amer auec cette douceur;
Souffrez-moy de mesler mes pleurs, auec vos larmes; Il parle à Tiridate.
Ma sœur est en repos, & ie mets bas les armes;
Puis qu'elle est satisfaite, on me le voit aussi.

TIRIDATE.

Et ie benis le sort qui vous ameine icy.

POLIXENE.

Que ne vous dois-je point, cher & bien aimé frere?

TROILE.

Depeschons vn Courrier vers le Roy nostre pere,
Afin de l'aduertir de ce succez heureux:

TIRIDATE.

O genereuse sœur! ô frere genereux!

TROILE.

Ille presente. *Phraarte, & vos soldats, vous demandent leur grace:*

TIRIDATE.

Plustost pour les payer, que faut-il que ie face?
Leur crime m'a sauué, sans luy i'estois perdu:

OROSMANE.

Ciel, mon cœur te parloit, & tu l'as entendu!

PHRAARTE.

Il est à genoux. *Si tout ce que i'ay faict, n'estoit pour vostre gloire.....*

TIRIDATE.

Non, ne r'apelle plus ma faute en ta memoire,
Oublions l'vn & l'autre : oseray-ie te voir?

Dans la fin de ce vers il parle à sa femme.

ORMENE.

Vn cœur doit tout oser, quand il a tout pouuoir.

TIRIDATE.

Quoy! tu pourrois m'aimer apres ma violence?

ORMENE.

De tout ce qui s'est faict, ce seul doute m'offence:
Connoissez mieux Ormene, & quelle est son amour.

OROSMANE.

Vous à qui nous deuons, & le Sceptre, & le iour,
Est-il pour vos bienfaits, quelque reconnoissance?

Il parle à Troile.

TROILE.

Les bonnes actions portent leur recompense;
Et i'estois obligé de venir en ces lieux;
Ne rendez point de grace, ou la rendez aux Dieux.

TIGRANE.

O toy dont le grand cœur rend la gloire eternelle,
Pourras tu bien toucher cette main criminelle?
Ton genereux esprit la voit il sans effroy?

Il parle à sa femme

POLIXENE.

Elle luy baise la main. *Ha! Seigneur, ce baiser vous répondra pour moy.*

TIRIDATE.

Il parle à Phraarte *Partez à l'heure mesme, & que l'armée entiere*
Attende nouuel ordre, estant sur la frontiere;
Qu'on décampe Phraarte, & qu'on me laisse icy.

TROILE.

Il parle à vn des siens. *Que mes troupes demain, s'en retournent aussi.*

OROSMANE.

Or puis qu'il plaist aux Dieux, de sauuer cette Terre,
Esteignons pour iamais, le flambeau de la guerre:
La paix est vn Tresor, que l'on doit bien garder:
Conseruons la mes fils, & faisons succeder
L'allegresse commune, à la douleur publique,
Et l'Amour raisonnable, à L'AMOVR TIRANNIQVE.

Fin du cinquiesme & dernier Acte.

Priuilege du Roy.

LOVIS par la grace de Dieu Roy de France & de Nauarre, A nos amez & feaux Conseillers les Gens tenans nos Cours de Parlement, Maistres des Requestes ordinaires de nostre Hostel, Baillifs, Seneschaux, Preuosts, leurs Lieutenans, & tous autres de nos Iusticiers & Officiers qu'il appartiendra, Salut. Nostre bien amé Augustin Courbé, Libraire à Paris, nous a fait remonstrer qu'il desireroit imprimer, *Vne Tragicomedie intitulée, L'Amour Tirannique, composée par le Sieur de Scudery,* s'il auoit sur ce nos Lettres necessaires, lesquelles il nous a tres-humblement supplié de luy accorder : A CES CAVSES, Nous auons permis & permettons à l'exposant d'imprimer, vendre & debiter en tous lieux de nostre obeïssance la Tragicomedie, en telles marges, en tels caracteres, & autant de fois qu'il voudra, durant l'espace de sept ans entiers & accomplis, à compter du iour qu'elle sera acheuée d'imprimer pour la premiere fois ; & faisons tres-expresses defenses à toutes personnes de quelque qualité & condition qu'elles soient, de l'imprimer, faire imprimer, vendre ny distribuer en aucun endroit de ce Royaume, durant ledit temps, sous pretexte d'augmentation, correction, changement de tiltre, ou autrement, en quelque sorte & maniere que ce soit, à peine de quinze cens liures d'amende, payables sans deport par chacun des contreuenans, & applicables vn tiers à nous, vn tiers à l'Hostel-Dieu de Paris, & l'autre tiers à l'exposant, de confiscation des exemplaires contrefaits, & de tous despens, dommages & interests ; à condition qu'il en sera mis deux exemplaires en nostre Bibliotheque publique, & vne en celle de nostre tres-cher & feal le Sieur Seguier, Chancelier de France, auant que l'exposer en vente, à peine de nullité des presentes: du contenu desquelles nous vous mandons que vous fassiez iouïr plainement & paisiblement l'exposant, & ceux qui auront droict d'iceluy, sans qu'il luy soit fait aucun trouble ny empeschement. Voulons aussi qu'en mettant au commencement ou à la fin du liure vn bref extraict des presentes, elles soient tenuës pour deüement signifiées, & que foy y soit adioustée, & aux copies d'icelles collationnées par l'vn de nos amez & feaux Conseillers & Secretaires, comme à l'original. Mandons aussi au premier nostre Huissier ou Sergent sur ce requis, de faire pour l'execution des presentes tous exploits necessaires, sans demander autre permission: Car tel est nostre plaisir, nonobstant oppositions ou appellations quelconques, & sans prejudice d'icelles, clameur de Haro, chartre Normande, & autres Lettres à ce contraires. Donné à Paris le vingt-troisiesme de Feburier, l'an de grace mil six cens trente-neuf, & de nostre regne le vingt-neufiesme. Signé, Par le Roy en son Conseil, CONRART.

Les exemplaires ont esté fournis, ainsi qu'il est porté par le Priuilege.

Acheué d'imprimer le 2. iour de Feburier 1639.

www.ingramcontent.com/pod-product-compliance
Lightning Source LLC
LaVergne TN
LVHW020325230826

846091LV00003B/772

* 9 7 8 2 3 2 9 2 5 0 2 8 1 *